U0525630

何睦 著

投案者

长篇悬疑小说

中国致公出版社·北京

图书在版编目（CIP）数据

投案者/何睦著. -- 北京：中国致公出版社，2024.1

ISBN 978-7-5145-2163-4

Ⅰ.①投… Ⅱ.①何… Ⅲ.①长篇小说—中国—当代 Ⅳ.①I247.5

中国国家版本馆CIP数据核字（2023）第173541号

投案者/何睦 著
TOUAN ZHE

出　　版	中国致公出版社
	（北京市朝阳区八里庄西里100号住邦2000大厦1号楼西区21层）
发　　行	中国致公出版社（010-66121708）
责任编辑	贺长虹　高　瑞
特约编辑	慕　虎
装帧设计	何　睦
印　　刷	天津光之彩印刷有限公司
版　　次	2024年1月第1版
印　　次	2024年1月第1次印刷
开　　本	710mm×1000mm　1/32
印　　张	7.75
字　　数	145千字
书　　号	ISBN 978-7-5145-2163-4
定　　价	45.00元

（版权所有，盗版必究，举报电话：010-82259658）
（如发现印装质量问题，请寄本公司调换，电话：010-82259658）

引言

模糊的雨雾遮挡
清晰的也只是虚晃

眼前的行人匆忙
难察觉真实的模样

伪装的情绪皮囊
欺骗在黑暗中疯长

保护的羽翼绽放
却看到刀绞的伤

选择善良 选择凝望
选择是摇摆的恐慌

隐藏疯狂 隐藏妄想
隐藏了内心的憾怆

走向……

自序

五个嫌疑人,只有一个是真凶,却有五个"真相"。
亲情、友情、爱情,在生死抉择面前,被揭露得淋漓尽致。

人眼所见的都是简单的,人眼所不能见的都是复杂的。
看见复杂的东西通常只能靠运气。

好心人碰到好心人,是福分也有未知感,不能排除好心人会变坏。
好心人碰到坏心人,也许有助于好心人成长,也许会让好心人变成坏心人。
坏心人碰到坏心人,也许两个坏心人会有所感悟而变成好心人,也许两个坏心人会同归于尽。

越复杂的越看不透的人或事,反而越令人神往与期待。
可能因此不可自拔,也可能为此赴汤蹈火。

这可能是人类最有趣的地方或者说故事最有趣的地方。
故事万变不离其宗,能让人产生兴趣的也许就剩下这些看不透的人或事了。

目录

[001] 第一章　警察·疑云

[035] 第二章　企业家·真相?

[067] 第三章　女助理·真相?

[115] 第四章　企业家的女儿·真相?

[149] 第五章　女助理的弟弟·真相。

[189] 第六章　企业家的司机·真相!

[219] 番外篇　未解之谜

[第一章]

警察·疑云

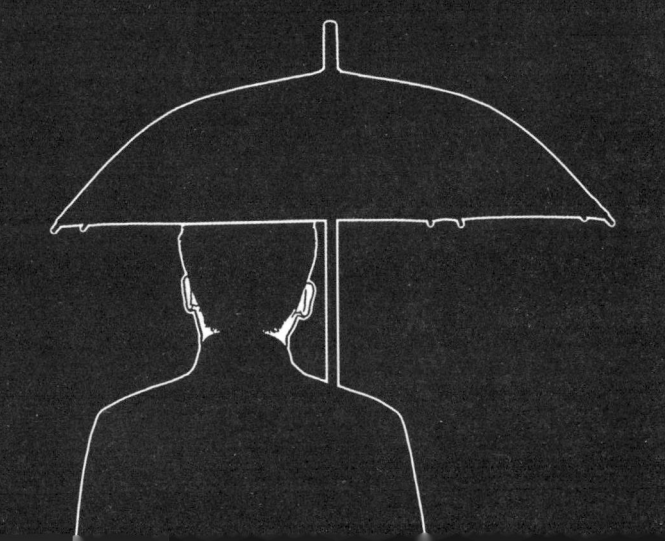

1

佟琳推开闫京办公室的门时,一股寒风钻进了屋里,顺着闫京的裤腿飕飕往里蹿。正在睡梦中的闫京就像是被泼了一瓢冷水一样,猛地打了个哆嗦,"咚"的一声坐了起来,吓了佟琳一跳。

五月的天气,忽冷忽热,变天比变脸还快。昨天气温还二十多度,今天就突然降到了十度以下。刑侦支队队长闫京的办公室在市局新盖的刑侦大楼一楼的走廊尽头,"冬暖夏凉"。所谓冬暖夏凉,是因为刘副局长声称自己的老丈人的家也在一楼,冬天一点都不冷,夏天屋里不开空调都十分凉爽。闫京后来才知道,刘副局长的老丈人住的是别墅。

刑侦大楼的暖气采用的是上行下给式的供暖系统。供暖主管从楼梯间爬上最高层,然后供水主管沿最高层转一圈,沿途接若干个分管向下循环,直至一楼,完成供暖循环。所以,闫京的办公室冬天不仅不暖和,还阴冷。

闫京定了定神,抬头看了一眼站在门口的佟琳。

"怎么也不敲门?"

佟琳看起来似乎有些慌张。

"闫队，北郊发生了命案。"

连夜开车赶回来，早晨刚刚回到办公室躺下不到一小时的闫京，被这句话惊得睡意全无。

"什么？邓德翔呢？"

"他已经去现场了，并且通知了技术科的人去勘察现场了。"佟琳匆忙回答了闫京。

邓德翔是刑侦支队的侦查员，但邓德翔曾经的梦想却是当一名演员。

邓德翔在一个叫西江的县城里长大。那个年代的网络还不发达，县城的环境比较封闭，那里的孩子见不到什么大世面。他们获取信息的方式基本上都是给予型，而不是寻找型。给予型就是环境让你看什么你就只能看什么，你自己想找点什么来看看，就难了。

那个时候县城里流行电影光盘出租。老板也不太懂，只是从省城一次买回好多光盘，连盒带光盘全都摆在架子上，谁想租，就直接从架子上取下来租走。租着租着，老板就发现了一个问题，时常架子上的盒子还没等到被人租呢，就已经空了——里面的光盘丢失了。

为了防止光盘丢失，老板只好把光盘从盒子里拿出来，装进塑料光盘袋里，并把每一个塑料光盘袋都编了号。顾客来了，只要在货架上找到自己想看的电影，报出盒子上的编号，老板

就会从抽屉里找出相应编号的光盘，这样一来，光盘就不会丢失了。只是，久而久之，老板在抽屉里翻找光盘的诡异动作很容易让人误会老板的抽屉里藏着什么不可告人的秘密。

　　有一天，三个看起来二十多岁的男孩跑来老板的店里。这几个人显得有些鬼鬼祟祟，一直在店里东看看西看看，也没有租光盘，愣是耗到店里没有了其他顾客。突然，一个男孩迅速走到店门口望风，另外一个男孩假装继续挑选光盘，还有一个男孩凑到了老板的面前。

　　"你这里有没有那种成年人看的影片？"

　　男孩小声地询问道。

　　"我这儿没有动画片，都是成年人看的影片。"

　　老板被问得有点蒙。

　　"我是说那种成年人看的影片，那种，你懂的。"

　　男孩向老板挤了一下眼睛。

　　这时，外面的男孩咳嗽了一声，正在佯装挑选光盘的男孩扭头看见远处有一个大人带着一个小孩走了过来，便踢了站在老板身边的男孩一脚。

　　被踢的男孩似乎意识到了时间的紧迫，使出了最后的撒手锏。

　　"有的话，您告诉我，我可以出三倍的价格来租，我明天再来。"

　　老板还没有反应过来，三人就迅速离开了。

　　邓德翔和父亲在店门口和三个男孩擦肩而过。

邓德翔的父亲最大的爱好就是每天下班接到放学的邓德翔后，在回家的路上租一盘电影光盘拿回家看，早上上班的时候再还回去。

邓德翔的父亲年轻的时候遇到了一位老板，本来可以跟着老板一起赚大钱的，无奈他眼界狭窄，却选择了跟着老板身边的小弟偷偷吃回扣。此事最终被老板发现，两人不再往来。

回到县城后，邓德翔的父亲为了养家糊口，只好做起了工厂里的保安。他虽然是个保安，但却有一颗想当警察的心。所以，邓德翔的父亲最爱看的就是警匪片和武打片。

"《霹雳火》，警匪武打片。"

老板把《霹雳火》的光盘扔到了桌上。

那时候的邓德翔分不清什么是动作片，什么是功夫片，反正在他爸眼中，一概都是武打片。

第二天早上，邓德翔和父亲再去光盘租赁店的时候，门口立着一个牌子，上面写着：拒绝黄赌毒，从我做起。具体发生了什么，谁也不知道。

透过店铺的玻璃窗，可以看到里面的老板穿着一件新T恤，T恤的正面印着四个大字：一身正气。

跟着父亲看了上百部武打片，邓德翔的心里终于埋下了一颗想要学武术的种子。邓德翔向父亲表达了自己的意愿，父亲得知之后热泪盈眶。

父亲托人四处寻找可以学武术的地方，最终带着邓德翔来到了省城西山市。在西山市找到了一位自称省城内最著名的武

术演员——老万。

这个老万从小学杂技，年轻时的确演过某部大型电视剧里的一个小角色。电视剧播出之后，老万有点飘，以为自己就要变成明星了，整天做着明星梦，没两年就坐吃山空了，妻子也带着孩子跑掉了。就在马上要跌入人生谷底的时候，老万遇到了一个大学刚毕业，回到西山市做电视台主持人的漂亮女孩。女孩想要采访老万，两人因此而结识。老万觉得这是一个让自己翻身的好机会。

于是，老万花了几百元租了一辆豪华轿车，又跑到批发市场花三百块买了九十九朵玫瑰花，便来到电视台门口高调地约女孩吃饭。女孩被眼前的惊喜深深地打动了。老万告诉女孩，想要和她牵手一起去街头的特色饭馆里吃一顿浪漫的晚餐。

老万把女孩带到人流量最大的美食一条街——这里聚集着各式各样的特色小餐馆。老万特意带着女孩走进了一家有光盘播放机的小餐馆。老万趁着上厕所的机会把光盘播放机里面的光盘换成了自己参演的电视剧的光盘，并且故作镇定地回到了座位上。女孩看到了电视剧中的老万，赶忙让他看电视。老万假装不知道地回头看了看。这时，饭店里聚集的人群似乎也意识到自己身边竟然坐着电视剧里的演员，也不管认不认识，纷纷上前要求合影。女孩心中的敬意油然而生。

不久之后，女孩就嫁给了老万。老万也利用这次美食一条街的合影事件和女孩的媒体资源，成功提高了自己在省城内的知名度。趁热打铁，老万忽悠了几个想要投资的老板为自己投资了一家武术培训学校,并命名为"第一武校"。

投资人还以为老万雄心壮志,先开第一家,随后再开第二家、第三家。老万告诉投资人,并不是,只是第一的英文"ONE"的发音和自己的姓氏发音相同而已。

邓德翔和父亲来到第一武校的时候,老万的第二个儿子刚一岁半。老万喜欢单手把儿子举在手掌中,儿子站在老万的手掌上也显得很开心。这是老万常常用来忽悠学生的绝活。

老万虽然表面看起来不靠谱,但也算是个有良心的人。秉着对学生负责的态度,老万把市面上所有能找到的武术图书、资料、光盘,全买回家,认真仔细看过一遍之后,重新做了整理和编排,自行印制了一本全新的教材——《第一武校第一教材》。

老万将厚厚的一摞《第一武校第一教材》递给了邓德翔的父亲,并告诉他,教材中的内容都是自己这些年来的心血,只要孩子认真看教材,一定能够学有所成。

邓德翔的父亲接过教材,看了一眼,马上抬头问老万:"第二教材是不是第二学期才会发?"

邓德翔跟着老万学习了一年武术后,总被问第二武校和第二教材的老万,似乎也开始考虑是否要真的开一家第二武校。就在这个时候,传来了邓德翔考上了体育大学武术专业的喜讯,邓德翔也因此成了老万最得意的弟子。

没过多久,老万打着"徒弟考上名牌体育大学"的旗号开办了第二武校。

为了给投资人增长信心,老万借助妻子的宣传平台,通过自己在影视圈里的关系叫来了一些导演和演员，为第二武校的成立举办了隆重的揭幕仪式。

和老万合作过的一位胖导演，最近正因为资金问题一筹莫展。他的一部动作电影项目马上就要启动了，可是资方一定要看到动作明星阿峰的出演合同才肯放款，而阿峰必须要拿到30%的定金才肯签合同。

老万听到这样的消息之后，灵机一动，凑到胖导演的耳边轻声说了一句："我来帮你解决。"

"怎么解决？"面对突如其来的好意，胖导演有些受宠若惊。

"举办一场选秀。"老万看着胖导演，嘴角扬起了自信的微笑。

老万先跑遍了全市的私立中小学和大学，以电视台宣传为噱头，拉学校成为协办单位。老万希望和学校达成合作，让学校以学生集体报名的方式参与选秀，并且免除一切报名费。协办的学校还可以在电视台做广告。

有了学校的支持，就等于选秀比赛有了流量。一个学生至少还会拉一个家长来，大学生也会带个男女朋友或者同学来。于是，老万开始联系各种饭店和商场。同样，以电视台会来宣传及庞大的参赛人数为筹码，吸引了各个商户出钱赞助、进场宣传。

就这样，老万利用电视台的平台和自己武校的场地，拉拢了学生和赞助商，举办了一场盛大的电影演员角色选秀大赛。

有了赞助商的钱,自然明星阿峰也签了合同,电影投资方也顺利打了款,胖导演乐得合不拢嘴。

老万又凑到了胖导演的身边。

"帮了你这么大的忙,你怎么报答我?"老万的脸上透露出早有预谋的神色。

"你说。"胖导演也毫不含糊。

"我要内定一个选秀冠军进你的电影里当演员。"

"谁?"胖导演以为老万只是为了给自己的武校做宣传,选秀只是做做样子,没想到还有内定选手。

"我武校的学生,邓德翔。"

"行。"

胖导演听说是邓德翔,松了一口气,二话不说就答应了下来,毕竟邓德翔也是考上了体育大学武术专业的学生,对胖导演的动作片也有帮助。

"我要邓德翔出演阿峰身边的跟班角色,从头跟到尾的那种。"老万在胖导演答应之后,马上又跟了一句。说完之后,他对着胖导演露出了神秘的微笑。

胖导演很快安排了邓德翔和阿峰见面。令胖导演没有想到的是,阿峰见了邓德翔之后,竟然提出要解约。

"邓德翔的武术功底太强,站在我们阿峰身边一定会抢戏。如果要留邓德翔,我们就退出了。"阿峰的经纪人毫不客气地甩出了这段话。阿峰坐在经纪人的身边玩着手机。

胖导演再次陷入了两难,既不能放弃阿峰,也不能推掉邓

德翔。

为了保住阿峰，同时让老万看到邓德翔在拍摄期间始终都在阿峰身边，胖导演悄悄决定让邓德翔当了阿峰的动作替身。

就这样，刚刚进入体育大学读书的邓德翔，在师父老万的安排下进入了动作电影的拍摄剧组。邓德翔趁着机会把老爸也接到了拍摄现场。邓德翔的老爸热泪盈眶，似乎实现了可以看到儿子演武打片的梦想，拉着老万的手一个劲儿地感谢。

拍摄现场在西山市郊区的一个影视棚里。因为拍摄资方的要求，老万和邓德翔的父亲都被阻拦在了棚外，只有邓德翔自己能进入棚内拍摄。

拍摄棚内是一个搭建的办公室场景。胖导演让邓德翔在办公室内一番打斗，最后被对方一脚踢出办公室，撞碎了玻璃后摔倒在地。

邓德翔在完全不知道剧本的情况下，被带到办公室内并始和武术指导交流动作。这一拍就是四五个小时，却没有拍邓德翔一个正脸。

终于，邓德翔在撞碎了十几块玻璃之后被告知可以休息了。坐在一旁休息的邓德翔诧异地看到阿峰穿着和自己一模一样的衣服来到了拍摄现场，在自己刚刚倒地的位置摆出了一副气喘吁吁的模样。胖导演喊了"开始"之后，阿峰迅速爬了起来，摄影机马上给了阿峰一个特写。现场所有的工作人员在胖导演喊"停"之后，纷纷大喊"阿峰老师辛苦"。整个过程大约五分钟。

紧接着，阿峰在助理的陪同下离开了拍摄现场。

邓德翔被眼前的一幕惊呆了。

到了中午吃饭的时间,邓德翔从摄影棚里走了出来。老万和邓德翔的父亲都等在门口。

邓德翔看到旁边阿峰的房车外聚集了一些粉丝。阿峰正在接受娱乐节目的访问,助理站在一旁为阿峰打着遮阳伞。

"这一次我饰演的是一个刑警,刚刚拍了一上午的动作戏。要摔在地上,很辛苦。"阿峰滔滔不绝地跟记者讲述着。

邓德翔站在不远处望着阿峰。

阿峰似乎看到了邓德翔。结束采访之后,他来到了邓德翔身边,拍了拍他的肩膀:"刚刚辛苦你了。"

阿峰显然是想给邓德翔一些鼓励。通常受到阿峰鼓励的武行或者替身都会笑脸相迎,因为他们觉得自己和阿峰处好关系一定会有翻身做演员的机会。

邓德翔却没有给阿峰好脸:"为什么不真打?"

"哈哈!"面对邓德翔的问题,阿峰突然笑了起来,"我只是一个演员,又不是真刑警。"阿峰凑到邓德翔的面前,"实力是留给真刑警的。"

说完之后,阿峰转身离开了。

这一次的拍摄经历给还没有步入社会的邓德翔深深地上了一课。

体育大学毕业后,一身正气的邓德翔选择报考公务员,踏上了用实力说话的刑警生涯。

2

闫京赶忙从沙发上起来，披上外套，走出了办公室。佟琳紧跟在闫京身后。

佟琳从小和闫京一起在公安局的家属院里长大。在闫京眼中，佟琳就像是自己看着长大的妹妹。

几个月前，市警校毕业典礼的当天，佟琳作为优秀毕业生代表，带领着同学们准备上场汇报表演。

音乐响起，佟琳带着同学们来到操场，在团体表演后，佟琳还献上了精彩的个人武术、散打及射击表演。

佟琳的精彩表演轰动了全场。面对欢呼声和掌声，佟琳却有点无心接受，甚至有点心不在焉。她四处张望，寻找着她的父亲。

佟琳的父亲佟磊是市刑侦支队的老队长，此时，他不在女儿的毕业典礼现场，而是一个人来到了郊区的一栋老住宅楼附近。

这栋老住宅楼位于西山市的北郊，是过去一个工厂的宿舍楼。只有中间有楼梯，上楼梯后向两边延展的是走廊。走廊的一边是一字排开的屋子，另一边就是可以观望风景和晾晒衣物的公用阳台。

工厂搬迁之后，开发商买了这块地，宿舍楼的住户在开发商的协商之下也渐渐人去楼空。只有些许老工人没去处，还暂时在楼里住着，等待开发商和工厂给解决问题。

佟磊在进入住宅楼之前，左顾右盼，神情有些慌张。

没有人知道他来这里干什么，也只有他自己知道是谁把他叫到了这里来。但佟磊不知道的是，在距离住宅楼不远的地方，一个废弃的小区门卫室里，刑侦支队的副队长闫京正带着侦查员邓德翔在住宅楼外蹲守。他们要蹲守的并不是佟磊，而是毒品走私嫌疑人琛哥。

邓德翔在门卫室里通过提前在住宅楼附近设好的微型摄影机，捕捉到了佟磊的身影。

"闫队，你看，佟队怎么来了？"

邓德翔看到熟人闯入，有些慌张，赶忙告诉闫京。

"我看到了，先别管他，继续蹲守。"

闫京不知道佟磊跑来干什么，为了不暴露目标，他们没有声张。

供出琛哥的人，是个打工的小伙子，名叫耿二青。他经老乡介绍，认识了一个叫琛哥的人。至于琛哥到底是不是主犯，他心里也不清楚，琛哥让他把包裹好的毒品胶囊吞到肚子里，到达指定地方，就可以拿到比打工多好几倍的钱。

"琛哥来了。"

耿二青看到监控中的琛哥，赶忙告诉了闫队长。

监控画面中显示，琛哥开着车来到了住宅楼附近，缓缓地停了下来，琛哥下车，点燃了一支烟，拿出了电话。

耿二青的电话响了一声，邓德翔看了一眼，是一条短信，只有两个字："到了"。

"然后呢？"闫京一边小声问蹲在地上的耿二青，一边悄悄地向窗外望去。

耿二青望着闫京，回答道："我得出去见他。"

闫京把耿二青手上的手铐打开了说："去吧，记住我跟你说的。"

耿二青点了点头，从门卫室走了出去。邓德翔和警员们做好了行动的准备。闫京透过破损的窗户，暗中观察着渐渐走向琛哥的耿二青。

耿二青来到琛哥身边。

"货呢？"琛哥上下打量了一番耿二青，见耿二青两手空空。

"还在呢。"耿二青看着自己的肚子，没敢抬头和琛哥对视。

"不是让你弄出来吗？"琛哥一副无奈的表情，从兜里掏出一瓶泻药塞到耿二青手里。

"赶紧弄出来，我着急要走。"

耿二青抬手接过琛哥手里的泻药，露出了手腕上被手铐勒出的红印。琛哥一把抓住了耿二青的手，瞪大眼睛望着耿二青。耿二青吓得冒出一身冷汗。

"你出卖我？！"

话音未落，琛哥掏出一把刀捅在了耿二青的肚子上。

闫京在门卫室看到耿二青挨了一刀，倒在了地上，马上大喊了一声："行动！"

邓德翔和警员们冲出门卫室。琛哥见状立即上车，发动了汽车。就在琛哥发动汽车的一刹那，汽车突然发生爆炸，琛哥立刻身陷火海。闫京和邓德翔还没反应过来，住宅楼里也同时发生了爆炸。

他俩被接二连三的爆炸声震得似乎有些耳聋。闫京只看到邓德翔向自己大喊着什么，过了一会儿，他听到了微弱的声音。

"佟队在楼里面！"邓德翔惶恐地望着闫京。

毕业典礼结束后，佟琳带着失望来到了后台，她换完衣服，拨通了父亲的电话，却迟迟无人接听。这时候，市局来了消息，让佟琳尽快赶往区医院。她的父亲在一次围剿行动的案发现场被发现，并且被炸成重伤。

当佟琳赶到医院的时候，父亲已经因失血过多抢救无效去世了。从小跟着父亲长大的佟琳，内心瞬间崩溃。她无法接受这样的事实，但又必须去面对。

晚上回到家中，她难以入眠。父亲平时晚上都回来得比较晚，所以习惯每天早晨出门的时候给佟琳留个字条，这样佟琳晚上回家，可以第一时间看到父亲的字条。

父亲有时候会在字条上面写一些暖心和鼓励的话，有时候写晚饭放在哪里、记得吃饭之类的叮嘱。然而这天晚上，父亲再也不会回来了。佟琳看着父亲留给自己的最后一张字条，上面写着：琳儿，你就要毕业了，父亲为你感到自豪，这既是结束，也是新的开始，从此，你不再是一个孩子，而是一个肩负使命感的战士。

佟琳流下了眼泪，她暗自下决心，一定要查出父亲死亡的真相。

第二天，佟琳来到刑侦支队，找到了闫京。

闫京从会议室出来看到了佟琳。

"我想知道为什么我父亲会出现在围剿行动中。"佟琳起身询问闫京。

闫京也无法正面回答佟琳的问题。

"你父亲去世,我也很难过。本身你父亲并没有参与这次的围捕行动,他为什么会出现在那儿,现在谁也不知道。到底是不是另有内情,还需要调查。"

"我想看案件的档案,或者有没有案件的其他负责人?"佟琳显得有些紧张和惶恐。

闫京似乎有些为难:"我没有办法,案件的档案是保密的。"

闫京离开了走廊,他觉得自己不能再跟佟琳有更多的对话了。说再多也解决不了什么问题,反而会让佟琳心里更难受。

令闫京没想到的是,没过多久,佟琳居然来刑侦支队报到了。

闫京找到刘副局长,向刘副局长提出把佟琳退回政治处的请求:"佟琳父亲的死因现在还是谜团,让佟琳到刑侦支队来是不是不太合适?"

刘副局长没有急着回答,而是让闫京坐下来喝茶。

"我和佟琳的父亲是老战友,也是老朋友了。佟琳也算是从小我看着长大的,警校的毕业汇报演出,我也看到了佟琳的优异表现。佟琳绝对是一个不可多得的人才。面对这样的人才,我们一定要留下。她父亲的谜团,早晚都会解开的。"

刘副局长放下茶杯,留下佟琳更像是早有的打算。

从小因为父亲的职业,而对警察职业充满向往和崇拜的佟琳就这样进了刑侦支队。

因为佟琳的父亲常年在外侦查案件,加班熬夜无法顾及家人,所以佟琳的母亲和父亲总是吵架。

佟琳的父亲觉得妻子说得都对,可又不能放弃自己要做的工作,于是主动选择了离婚,他觉得做了这样的决定,妻子可能会找到属于她的幸福,可能也是他对妻子最大的爱护了。

为了不让妻子有牵绊,佟琳的父亲选择自己抚养佟琳。所以,佟琳的童年基本上是跟着父亲在警局里一起度过的。

她跟着父亲巡逻,亲眼看过父亲抓捕歹徒,也在警局里感受过罪犯们被审讯时的恐惧眼神。

父亲去世之后,佟琳似乎更不愿意回家了,每天都住在办公室。闫京为了不让佟琳感觉孤单,不管是否加班,也都住在办公室。

在闫京看来,只有解开佟琳父亲意外死亡的谜团,才能解开他和佟琳心中共同的心结。

然而此时,身中刀伤的耿二青还在昏迷中。还好他在中刀之前就已经把毒品排出了体外,不然也性命难保了。琛哥死了,涉及耿二青和琛哥的毒品走私案似乎暂时断了线索。

3

刑侦大楼坐落在西山市区西北方向新修的一条路旁,这里曾经是城中村,也是易滋生犯罪之地。为了举办西山市城市运动会,几个月之内,这片城中村被夷为平地,建成了公园和停车场。为了维持治安，市局的刑侦支队在这里单独盖了一栋大楼。

闫京和佟琳从大楼里走出来的时候，天空中下起了小雨。

"我去拿伞。"

"不用了，我们赶时间。"

闫京本身是个急性子，除了电视采访，凡事都喜欢冲在最前面。如果不是前一天晚上刚刚驱车从外地赶回来，整夜没有睡，闫京绝不会让自己成为最后一个到现场的人。

闫京刚要上车，手机突然振动了起来。闫京掏出手机，看到了来电显示是母亲的头像。

"小佟，你来开车。"

"可是我才刚刚学会。"

闫京没有理会佟琳的话，直接绕过车头，坐到了副驾驶的位置上。

佟琳只好硬着头皮坐到了驾驶座上。

从刑侦大楼的停车位开到马路上，刚一左转，就遇到了一个红绿灯。佟琳挺直了腰板，小心翼翼地踩着油门。这是佟琳刚拿到驾照的第一个星期。

闫京似乎根本没有感觉到汽车经过马路牙的颠簸，情绪全都沉浸在手机的屏幕上。犹豫了片刻，闫京接起了电话。

"儿子，你在哪儿呢？"闫京的母亲听到电话通了，显得有些着急，毕竟等待了半天才接通电话。

"妈，我昨晚在外地办案，刚回来，现在马上要去现场。"

您那事我会帮您问的，您就放心吧。"

闫京说话的时候，显得有些有气无力，毕竟刚刚睡了不到一个小时。他一边接着电话，一边在口袋里面摸索着什么。

闫京出生在一个普通的家庭，父母都是公务员，母亲是警察，父亲在机关单位工作。闫京从小性格耿直，说一不二。

上小学六年级的时候，闫京因为上课和同桌的女生说话被老师批评。

"闫京，你再和她说一句话，中午放学后打扫整个教学楼。"

老师说完之后继续讲课，并没有在意自己说过的话，但闫京却把这句话放在了心里。闫京偷偷看了一眼旁边的女生，看见她正满头大汗地翻找着作业习题。

"老师讲到哪了？"刚刚迟到进教室的女生小声问闫京。

此时的闫京内心很纠结，他不知道该不该继续把没说完的话说完。如果不说，女生可能会错过老师正在讲的习题内容，眼看就要小升初了，如果因为自己没有告诉女生，而耽误了女生的学习，那女生就会考不好，可能不会读一个好的中学、好的大学，或许也不会有一个好的工作。闫京觉得自己的一句话将改变同桌女生的人生。然而，如果说了这句话，那么自己就要面临打扫整个教学楼的惩罚。

内心挣扎了五秒之后，闫京还是觉得告诉女生更重要。

"第三十二页第八题。"闫京凑到女生的耳边小声地说。

女生露出了感激的目光。闫京坚定不移的目光似乎在告诉

女生,哪怕面对惩罚,也不能对同桌的人生没有责任心。

此时,正在激情讲解习题的老师并没有注意到说话的闫京。

中午放学后,闫京的母亲赶回家为闫京做午饭,可是左等右等还是没有等到闫京回家。

母亲心急如焚,跑到学校找他,可是老师却说早就放学了。老师带着母亲把学校里里外外找了个遍,最终,在学校五楼的卫生间里找到正在打扫卫生的闫京。

闫京声称是自己犯了错,被老师惩罚打扫整个教学楼。母亲一气之下跑到校长办公室告状。老师吓得不敢承认。校长得知是误会,为了保住老师,安慰闫京的母亲,他做出了一个重要决定:给闫京同学举办全校表彰大会,并颁发热爱劳动奖。第二天,站在主席台上拿着奖状的闫京,脸上露出了灿烂的笑容。

中学的时候,闫京凭借小学得过热爱劳动奖的履历,顺利当上了班里的劳动委员,每天放学后负责监督同学们的卫生清扫工作。

所谓监督,就是在同学打扫完之后,闫京来检查。只是闫京对工作一丝不苟的态度,让同学们实在是受不了。于是,有的同学在闫京还没有来检查之前就提前离开了教室。为了维护和同学之间的友谊,闫京会自己默默打扫一遍教室。所以,每天闫京走出校门的时候,门口几乎已经没有什么人了。

而这个时候,就是社会青年在学校门口围堵落单低年级同学并抢他们的零花钱的好时机。晚一步走出校门的闫京刚好碰到几个社会青年围堵自己班里的女同学,他毫不犹豫地冲了上去,挡在了女同学的前面。几个社会青年见闫京长得高大威猛,谁也不敢上前。

"你有本事在这儿等着。"为了保住面子,社会青年冲着闫京大喊了一声,喊完之后,仓皇而逃。

闫京让女同学先回家吃饭,自己则在学校门口等着。

闫京的母亲见闫京没有回家,便着急地来到学校,正好在学校门口碰到等了一中午社会青年的闫京。

母亲得知原因后,便去找了校长,想要个说法。随后,校长召开了紧急会议,做出了一个重要决定——全校召开表彰大会,给闫京颁发见义勇为奖。

站在主席台上,第二次拿着奖状的闫京,脸上又一次露出了灿烂的笑容。

来到大学,凭借小学和中学夺得的两大奖项的履历和做事一丝不苟的态度,闫京很快就当上了学生会主席。

身材高大,长相英俊,再加上令人羡慕的学生会主席的身份,闫京成了学校里女生眼中的男神。很快,闫京便有了自己的初恋女友,只是闫京耿直的性格和固执的态度,让女朋友实在受不了。大学四年里,他谈过三个女朋友,可都是交往没几天便以分手告终。闫京渐渐对爱情失去了信心,似乎也找不到可以维护爱情的方法。

大学毕业后,一次偶然的机遇,闫京居然在电视上看到了有关全市理科状元的采访报道,而这位理科状元正是自己小学

时顶着打扫整个教学楼的惩罚帮助过的女同桌。闫京想要联系她，表达自己的祝贺，在QQ好友列表里努力地寻找她的名字，却发现对方早已把自己删除了。

闫京马上又在QQ里寻找自己帮助过的那位中学女同学，给她发去了消息。

"在吗？"

"我姐姐去美国了，这个QQ号她不用了。"

这是闫京收到的唯一回复，之后，对方也删除了闫京。

闫京的神情有些恍惚，他觉得无论是女同学还是女朋友，都从来没真正认可过自己热情的付出。闫京暗自决定，要把自己的热情全部投入到工作中，享受工作反馈给自己的成就感。

于是，闫京报考了公务员，继承了母亲的事业，当了一名警察。却没想到，他在单位碰到了自己的另外一位小学女同学——刘夏。

刘夏是刘副局长的女儿，刚进公安局当法医。这也是刘副局长起"刘夏"这个名字的初心，希望女儿可以永远留在自己的身边。刘夏第一次注意到闫京的时候，正是读小学的某一天课间操之后。

当时还是小学生的刘夏，傍晚放学回家后，看到邻居家的中学生因为早恋，被老师上门家访。父亲告诉刘夏，将来结婚一定要找一个像父亲一样正直、勇敢、有责任心的男孩，这样的男孩比早恋的男孩靠谱。父亲接着说道，早恋这种事情既影响她自己的学习，也影响对方的学习，两个人也不会有什么结果。

刘夏将父亲的话铭记于心，来到了学校上课。没想到课间操之后，校长突然宣布要为一位同学颁发热爱劳动奖。这可是全校从来没有过的事情。校长说道："该名男同学正直、善良、勤劳、勇敢、责任心强。放学后，他利用课余时间，独自打扫了整个教学楼，为同学们创造了干净、整洁的学习环境。同学们一定要向该名男同学学习，以该名男同学为榜样。"

校长将奖状颁发给了走上主席台的闫京。主席台上的闫京，脸上露出了灿烂的笑容。这是刘夏第一次将闫京的模样清晰地记在心里。闫京似乎就是父亲口中那个正直、有责任心，课余时间都在为同学们着想，也不早恋的男孩。

而那个时候的闫京，却并没有注意过刘夏这个同班同学，所以，多年后当闫京在单位碰到刘夏的时候，也并没有认出她来。反倒是刘夏脱口而出闫京的名字，还激动地望着他。闫京似乎从刘夏的眼神中看出了一丝多年不见很是想念的意味。这让闫京感到有些受宠若惊。

"我是你的小学同学！"刘夏看到闫京的眼神中充满了疑惑，赶忙给予提示。

"哦！对对，我想起来了！"

闫京突然觉得如果自己没有在三秒钟之内想起来对方是谁，似乎是一件不太礼貌的事情，于是匆忙应答。至于对方的真实身份，其实闫京根本没有想起来。他只是在心里怀疑，她是不是自己小学时候帮助过的那位女同桌。

"你怎么在这呢？"

两人同时开口说了同一句话，刘夏是真的好奇闫京为什么会突然出现在自己的面前。而闫京其实是想转移话题，试图从对方的回答中套出一些关于对方身份的线索。

"要不，下班后我们一起吃饭吧？"闫京为了缓解尴尬的气氛，主动提出了请吃饭的想法。

"好啊。"刘夏并没有拒绝，一来是老同学多年不见，二来自己其实早就想对小时候心目中这位正直、有责任心的同学有进一步的了解。

刘夏提议想吃单位旁边的大眼水饺，闫京爽快地答应了。

吃饭期间，闫京才知道自己认错了人，也觉得心里有些过意不去。闫京无意间听到刘夏说很想念读书时候学校门口蛋糕店的小甜点，便默默记在了心里。

第二天，闫京特意起了个大早，跑到刘夏提到的蛋糕店买了甜点，特意送到了刘夏办公室。

刘夏看到闫京给自己送来的甜点，眼中露出了惊喜又感动的光芒。

"我早上路过那里，顺便就给你买了。"

闫京为了不让刘夏误会或是感到尴尬，便撒了个小谎。而刘夏心里很明白，甜点其实是闫京特意买来送给自己的，这个举动无疑打动了刘夏的心。

打那以后，刘夏和闫京逐渐熟悉起来。刘夏也学着闫京，假装下班不小心碰到闫京，便顺路一起回家。其实刘夏的家和闫京的家完全是两个方向，但刘夏硬是谎称自己在闫京家的方向也有一个住处，让闫京送自己回家，以此来制造更多和闫京聊天的机会。

聊得多了，两人对彼此的了解也就多了。当然，除了制造和闫京聊天的机会，刘夏其实还另有目的，就是躲避前男友的纠缠。因为前男友出轨，刘夏和前男友分手已经有一段时间了，但前男友还是对刘夏死缠烂打。刘夏也很困惑，本以为和闫京走了另外的方向，绕路回家，就可以躲开前男友，可谁知绕路回家的她却仍然避不开等在自己家门口的前男友。

前男友向刘夏祈求，希望能够得到她的原谅。然而，出轨的事情已经不是第一次发生了。之前刘夏就原谅过前男友，谁知前男友不但不改，反而变本加厉。而前男友诡辩称，无论自己怎么出轨，自己的心永远都不会出轨。

刘夏将心中的烦恼讲给了闫京听。闫京听后决定帮刘夏解围。闫京让刘夏约前男友在咖啡厅见面，闫京则代替刘夏在咖啡厅里出现在其前男友的面前。在远处暗中观察的刘夏并没有听到两人谈话的内容。一小时后，刘夏看到自己的前男友竟然一边擦着眼泪一边从咖啡厅走了出来。前男友与闫京握手，还表现出很感谢的样子，随后离去。

闫京对刘夏表示事情已经解决，而至于两人谈话的内容，闫京决定永远向刘夏保密。

其实也并不是什么秘密，只是觉得让刘夏知道了实情，可能并不是件好事。闫京作为一个男人，心里很清楚前男友为什么纠缠不舍。既然他总喜欢出轨，那他对刘夏的爱就没有那么

浓烈，他只是自私地觉得心有不甘而已，自己付出了很多，却被对方甩了，自己一定要挽回这个面子。

闫京向刘夏的前男友谎称自己是刘夏的现男友，并且声称愿意弥补前男友内心的不甘，无论是经济方面的，还是生活中需要帮忙的地方，自己都愿意帮助对方。

这句话让刘夏的前男友备受感动，刚刚还觉得不甘的他心里忽然变得暖阳阳的。刘夏的前男友说："也知道是自己的错，可就是改不掉自己的坏习惯。自己也确实是对不起刘夏，哪敢提什么要求。想要挽回，其实也是因为自己的母亲觉得刘夏好，自己也没什么本事，不像刘夏，还是公务员，自己不想让母亲感到失望。"

闫京说："不想让母亲失望，不是要缠着刘夏。这样一来，除了母亲会失望，刘夏也会失望。如果能从教训中走出来，得到成长，不再浪费时间蹲在别人家门口，自己努力去考个公务员，那才是真的不让母亲失望。说不定，刘夏看到你考上了公务员还会感到后悔莫及。"

说出刘夏会后悔莫及这句话后，闫京突然觉得自己说得有些过了。这句话要是传到刘夏的耳朵里可不好。没想到这话对刘夏的前男友却起到了意想不到的作用。刘夏的前男友觉得闫京说得太对了，简直就是自己人生的风向标，并且向闫京保证，再也不纠缠刘夏，从此以后做个励志的人，让母亲高兴，让刘夏后悔。

面对斗志昂扬的刘夏前男友，有些尴尬的闫京只好给予了鼓励。

闫京成功帮助刘夏解决了前男友的纠缠之后，刘夏总觉得欠他一个人情。于是，她向闫京表示，如果他有需要帮忙的地方尽管吩咐。闫京思考了几天，发现似乎也没有什么特别需要一个女孩来帮助他的地方。闫京决定利用这次求助于刘夏的机会，将他口中的他是刘夏的现男友这件事变成现实。

由于之前失败的感情经历，闫京格外珍视这一次的表白。为了能够百分百的成功，闫京特意上网观看了各种各样的求婚和表白的视频。最终，闫京决定邀刘夏一起去看电影，他却故意迟到，在电影开始后，他以直播的形式出现在大银幕中，向刘夏表白。而观众也都是由闫京安排好的，有两人的同学，也有两人的同事。闫京这一波操作，果然让刘夏受宠若惊。只是令闫京没想到的是，表白并没有成功。刘夏的答复是，自己想要考虑一下。

刘夏的犹豫，源于刘夏的性格和从小成长的环境。刘夏从小长得像父亲，性格随母亲。母亲和父亲并不是自由恋爱，而是被家里的长辈所安排结婚的。母亲并不喜欢父亲，可迫于无奈却要接受。结婚之后两个人过得也像两家人。母亲总是打趣地和刘夏说："我和你爸是室友。"而刘夏的父亲觉得自己在家里似乎没什么地位，于是很少回家，经常住在办公室里。

虽然不常回家，但父亲对女儿的关爱却从未减少。平时他在工作中碰到一些特殊的案情，会第一时间和女儿分享，从而引起女儿对自身安全的重视。一对大学生情侣被醉汉持刀捅伤的案件，在刘夏的脑海中印象尤为深刻。那是一天傍晚，放学后，母亲因为加班无法回家，就让父亲去接放了学的刘夏。父女俩在路边的小餐馆吃了晚餐。

父亲急急忙忙点了两道菜，一道地三鲜，一道酱炒西葫芦，端上来的地三鲜居然是用茄子、土豆、西葫芦炒的。看着眼前的两盘西葫芦，刘夏只好硬着头皮把菜夹到自己的碗里。而父亲似乎并没有注意到这些，只是不停地打着电话。

挂了电话之后，父亲告诉刘夏："我前天晚上接了一个案子，一个女大学生和自己的男友在路边被一个醉汉骚扰，男友想要保护女大学生，没想到醉汉掏出了刀，刺向男友。"

刘夏听到这里，赶忙询问后来的情况。父亲接着告诉刘夏，后来更让人意想不到，女大学生居然替男友挡了一刀。现在两人都在医院，还好没有生命危险。刘夏对于女大学生站出来替男友挡了一刀的行为表示很震惊。父亲告诉刘夏，女大学生说了，因为自己曾经想要测试男友，就对男友编了谎话，说自己以前怀过别人的孩子，可是男友依旧对她不离不弃，反而爱护有加，她觉得自己心里亏欠男友。所以，在关键时刻，她觉得自己应该站出来保护男友。

父亲说："这，才是真正的相爱吧，相互有所亏欠。男孩听了女孩的谎话，觉得自己怎么没能早点遇到女孩，让女孩受到了如此伤害，所以自己应该更加爱护女孩，来弥补内心的亏欠。女孩得到了男孩的爱，但觉得自己对男孩说了谎，心里很是内疚，于是在关键时刻，挺身而出，想要弥补对男孩的爱。"

父亲当年可能只是自言自语。刘夏听得云里雾里，以至于这么多年也没有想通女大学生为什么要对自己喜欢的男朋友撒这样的谎，这似乎也违背了父亲所说的做人要正直的观念。

面对闫京的表白，刘夏突发奇想，她很想知道，如果闫京听到这样的谎言，会不会退缩或者离开自己？

刘夏选择在一个安静的午后，约闫京在公园里见面，并且把自己心中的"秘密"告诉了闫京。刘夏谎称，自己和前男友其实领过结婚证，还有一个一岁多的孩子，孩子归男方。男方其实也不是什么出轨，只是赌博输光了所有的钱。要债的人找不到他，就来找刘夏，还找到了刘夏的父母那里。刘夏的工作和生活都被他搅得一团糟，刘夏的父母身体也不是很好，为了欠债的事情，整夜都睡不好。所以，为了不让父母再担心，为了自己能有正常的生活，刘夏选择了离婚。也正是因为如此，男方觉得心有不甘，觉得刘夏在他最难的时候抛弃了他，所以一直不依不饶，纠缠着刘夏，不愿意放弃。

刘夏说完之后，心里突然有些难过，毕竟自己编的这个故事其实基本上都来源于自己的闺蜜跟自己诉的苦。但刘夏没想到，此时的闫京竟然哭了。

"你……呃……对不起。"

刘夏一时语塞，不知道该说什么，赶忙从书包里翻找纸巾。

"没事，让你见笑了，我只是觉得有些内疚。或许，如果我和你在学校的时候就很熟悉，这些年也一直和你有联系，今天就会有不一样的结果。"

闫京用手擦掉了眼泪。"内疚"一词直击刘夏的内心，这不就是父亲跟刘夏讲的那个案件中男孩对女孩亏欠的感觉吗？刘夏忽然觉得，闫京对自己的表白不是随便说说的。刘夏编的这个故事成功地激发出了闫京心里的亏欠感。

刘夏什么都没有说，突然抱住了闫京。

就这样，闫京和刘夏成了情侣，奔着结婚的目标去发展。只是时间久了，闫京的缺点逐渐暴露，刘夏实在是无法忍受固执己见的闫京。

只要是闫京认为对的事情，一定会得理不饶人地和刘夏争执下去，直到刘夏认同了闫京的观点，闫京才会罢休。有时候只是简单的电视剧播出时间这种无所谓的事情，他也要和刘夏争执不休。这让刘夏感觉压力很大。

刘夏给闫京写了长篇书信，希望能够让闫京认识到他的问题，可闫京却以没时间看为由，并没有当回事。而刘夏越来越多的劝告，也让闫京觉得很烦躁。

无奈之下，刘夏思索再三，在闺蜜的支持下，决定和闫京提出分手。同时，也是想试探闫京是不是会挽回一下。

没想到闫京竟然只问了一句："你……想好了？"

刘夏点了点头，闫京便离开了刘夏。

分手之后，刘夏在同学聚会的时候碰到过闫京，只是闫京似乎并没有在意刘夏的目光。而在刘夏的眼中，闫京在同学面前，固执己见的毛病依然如旧。

没过多久，刘夏就调离了工作单位，去了西山市司法鉴定中心。在刘夏离开之后的一天下午，闫京在单位碰到了刘夏的闺蜜。闺蜜早就和前夫离婚，可是前夫却对闺蜜纠缠不休，导致闺蜜只好来求助警方。闫京这才恍然大悟。

"这个我知道，她和我说过想要把我们俩的事情套在她的身上，来测试她在你心里有多重要。我还以为测试完，她会跟你说实话呢。"

看闫京没有说话，刘夏的闺蜜接着说："其实，她犹豫了很久要不要跟你提分手，女孩子，没有那么容易说分手的。她也只是想再试探你一次，想要看看，她在你的心中是否依然重要。"

听了这番话之后，闫京才明白自己在刘夏的心里有多重要。然而一切为时已晚，刘夏真正下定决心分手，是在调离了工作单位和换了电话号码之后，她彻底删除了闫京所有的联系方式。

此时的闫京，突然想起来自己和刘夏前男友的对话。也许，只有让自己忙碌起来，变得越来越优秀，才能在刘夏面前证明什么。其实，到底要证明什么，闫京自己也不知道，或者证明什么也并没有什么作用。又或许，让自己投入到忙碌的工作中，只是情绪的一种转移。

之后，闫京把所有的精力都放在破案上，最忙的时候，一年破获了数起重大刑事案件，三十五岁便当上了刑侦支队队长。后来闫京从别人那听说刘夏结婚了，婚后不久就生了一个女儿，她的女儿还跟她小时候长得一模一样。刘夏的身影似乎渐渐在闫京的脑海中变得越来越淡，变得又熟悉又模糊。

在夜里，闫京常常会梦到刘夏，梦到当年的刘夏，轮廓清晰，记忆犹新。醒来之后，那个清晰的轮廓又会再次变得模糊。想着这个人，就会梦到这个人，梦到这个人，却很难想起这个人。闫京干脆变成了别人眼中痴迷于各种案情的工作狂人。其实闫京心里是不愿意再去想刘夏的，不想，也许就不会再梦到。

长时间的劳累和饮食不规律，让闫京的身体开始走下坡路，为了缓解自己时常会心慌的毛病，闫京常年把丹参滴丸带在身上。

闫京一边打电话一边从口袋里摸索出了自己带的丹参滴丸，他用嘴咬开了瓶盖，往嘴里倒了几粒。

"那钱还能找得回来吗？"闫京的母亲显得有些着急。

"妈，我都跟您说了，这事不是我能管得了的，我爸他们都有合同，得走法律程序。"

闫京的父亲退休之后，闲着没事做，就想把自己年轻时没有机会学的东西都学一遍。今天学习手风琴，明天学广场舞，闫京的母亲有点看不下去，觉得闫京的父亲不务正业。

被逼无奈，闫京的父亲只好停止了学习，待在了家里。谁知闫京的母亲又开始唠叨，觉得儿子都三十多岁了，也没有成家，害她抱不上孙子，心里总觉得悬着一块大石头，难以放下。而闫京的父亲则认为，儿子结婚了，麻烦的事才更多，以儿子的性格，全心都扑在工作上，谁去照顾他的媳妇和孩子？重担还不得落在两个老人的身上。

两个老人争执到最后,一致认为这一切的根源是没有钱,如果有钱了,所有的事情也就不愁了。

于是,闫京的母亲鼓励老伴去再就业。闫京的父亲也是在多方打听之下,从一个和他一起跳广场舞的朋友那里获悉,有一个东山养老院项目正在寻找众筹股东,只要加入众筹,不但每年可以拿到分红,将来还可以免费入住养老院。

两个老人商量之后,决定拿出所有的积蓄入股东山养老院。可没想到大股东出了问题卷钱跑了,养老院项目成了骗局。东山养老院不但没开业,入股的钱也没办法退回来。

"那我把你爸和其他被害人合伙写的请愿书发给你,你给律师看看。"

闫京的母亲把刚刚拿到手的被害人联合签名的请愿书拍照发给了闫京。

"行,我会帮您咨询我的律师朋友的,妈,我现在还有工作,先挂了,你也照顾好自己。"

闫京没有点开请愿书,就把手机装进了兜里。对于母亲和父亲的投资行为,闫京有些无奈,毕竟说到底两人也是为了自己好。在母亲打电话催促之前,闫京其实就咨询过自己的律师朋友。律师朋友告诉闫京,如果双方有签订合伙合同,那能要回钱的可能性就不是太大了,而且打官司也会耗时耗力,还得花钱。

听了这番话之后,闫京显得有些犹豫,如果要帮父母追回这笔钱,将要耗费自己很多的时间和精力,而且并不能确定会有一个很好的结果。可单位还有一堆案件在等着自己。思考之后，闫京决定还是先忙手头的案件，母亲的事等过几天再说。

闫京把丹参滴丸的瓶盖扣好，装进了兜里，却发现兜里还装着一把指甲刀。

佟琳看到路口的红灯，踩了一脚刹车。闫京掏出指甲刀开始修剪自己的胡须。佟琳扭头看了一眼闫京。

"变灯了。"闫京一句冷冷的话让佟琳赶忙收回了视线，挂挡起步，紧盯着前面的路。

[第二章]

企业家·真相?

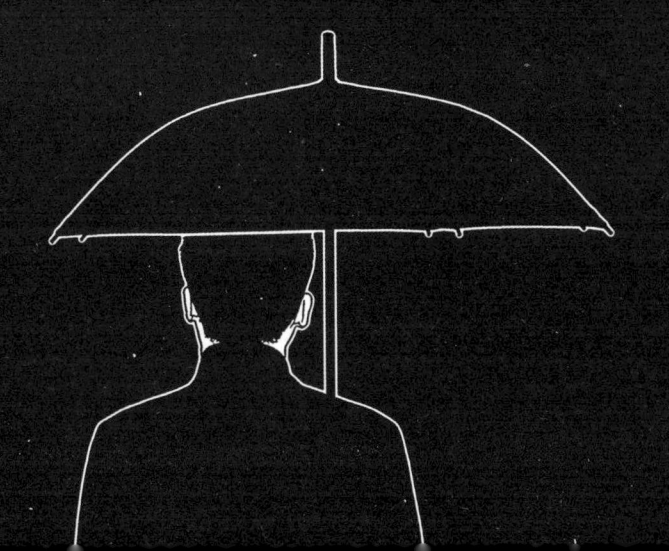

1

五月二十一日清晨，西山市郊，大雨倾盆。

一辆警车从郊区的隧道中开了出来，雨刮器在左右摇摆。没有了隧道的遮挡，雨水再次落在挡风玻璃上，眼前的视线变得模糊起来。仿佛刚刚把玻璃擦干净，淘气的小孩就朝着玻璃又泼过来一瓢水。

西山市公安局刑侦支队外勤女警佟琳正坐在驾驶座上，双手紧握方向盘，腰挺得笔直，看起来有些过度紧张。坐在佟琳旁边的刑侦支队队长闫京揉了揉眼睛，显得有些疲倦。

"还是上岁数了，我上大学时不睡觉的最长纪录是三个白天两个晚上。一点感觉都没有，就是头皮有点发热。现在才一晚上没怎么睡，这一大早就浑身不舒服。"

闫京收起了修剪胡须的指甲刀，一边自言自语，一边打开了车内的广播。

正在左转弯的佟琳慌慌张张地打开转向灯，向左打了一圈方向盘，并没有听到闫京在说什么。

"好的，广告之后呢，就为大家送上一首来自吴延睿的单曲——《反正》。"

广播里传来一个女主持人匆忙的声音。也许是广告刚刚播完,她还没有做好准备,只好赶快播放一首歌,好给自己一个准备的时间。当然,也许她并不匆忙,只是一边在主持节目一边在用手机做着直播,售卖着即将上市的时令海鲜礼包。

伤离别 / 伤怎么离别 / 我的爱 / 沉默中换来什么 / 两人三餐全是梦 / 反正我还是我 / 反正没有选择 / 反正只是过客 / 我的爱 / 沉默中许下什么 / 爱你再多没结果 / 反正不在乎我……

广播里传来一段忧伤的歌声,闫京听得有些入神,仿佛每一句歌词都能直戳到他的内心深处刺痛他。

突然一个急刹车,警车熄火,闫京猛地向前倾。

佟琳有些慌张地望着闫京。

"你慌什么?"闫京一下子清醒过来。

"不好意思闫队,我才拿驾照没多久。"佟琳一边回答,一边想要重新发动汽车,又反应过来还没有挂挡,赶忙挂成空挡。

闫京扭头看到不远处的坡道上有警灯闪烁,周围拉起了警戒线,一些穿着雨衣的警察走来走去。

"拉手刹,就停这儿吧,别动了。"

闫京打开车门,快步向坡道上方走去。

"欸,闫队,雨伞!"

佟琳拔了钥匙,匆忙下车,跟在闫京后面,撑起了雨伞。

早到一步的侦查员邓德翔看到了闫京和佟琳,便迎了上去。

"师父!"邓德翔跟闫队打了声招呼。

"情况怎么样了？"闫京顺着上坡抬头看到了站在眼前的邓德翔，一边询问一边继续往坡上走。

坡的顶端有两排蓝顶白墙的仓库。闫京掀起警戒线，走进了仓库区。

仓库区中间的通道里停了几辆警车，闫京、邓德翔和打着伞的佟琳穿梭在警车之间。

"法医刚到，是刘夏，刘局打的电话。"

邓德翔怕闫京看到刘夏会尴尬，赶忙先把这个信息告诉了闫京，好让他有心理准备。没想到，闫京却并没有在意邓德翔的话，继续向案发现场走去，一边走一边说："说案情。"

邓德翔赶忙跟上闫京的脚步，来到闫京的身旁接着说："现场发现一具烧焦的男尸，尸体受损严重，初步判定是触碰到了熔炼炉旁边的熔融金属溶液，引火烧身。离尸体不远处还有一箱一百万现金。附近没有监控，仓库外的一些痕迹也被大雨破坏了。"

邓德翔和闫京一边往案发现场走，一边交流着。

"引火烧身？皮肤怎么会燃烧？"闫京对邓德翔的描述提出了质疑。

"死者脸部套着面具，含有化纤材料，身上穿的衣服也是化纤的。"

邓德翔说着已经和闫京走到了铜塑厂的门口。透过敞开的大门，可以看到几名法医正在对物证进行拍照和记录——他们对着自己面前的物证按下快门，拍下一张照片后，接着又弯腰放下物证标牌，再次按下快门，拍下了另一张照片。

邓德翔停下了脚步："最重要的是死者死前喝了大量的高度白酒，身上还洒了一些高度白酒。"

闫京回头问邓德翔："这片仓库的负责人是谁？"

"仓库原属本地的某大型国有集团，这个集团的贺总以前是做玻璃钢生意的，现在这儿归他的儿子管，后来他儿子改行做传媒公司了，仓库就闲置了。"邓德翔跟闫京汇报着情况。

"左边基本上都是空置的，右边租给了铜塑厂。据铜塑厂的员工说，他们接到通知，厂里因为一些债务问题，可能要关停。附近一直很荒凉，基本上没有人。"

闫京环视着周边的情况，左边的厂房都拉着卷闸门，右边的厂房门口堆放着一些铜塑半成品，不远处挂着一块大牌子，上面写着：扬名铸铜雕塑厂。

"能联系到贺总的儿子吗？"

"联系过了，贺总的儿子有一段时间不在西山市了，最近一直在外地筹备新电影，他说会尽快赶回来配合调查。"

闫京跟邓德翔走进了铜塑厂。

铜塑厂内看起来很整洁有序，并不像一个老板经营不下去而要面临倒闭的厂房。简洁的白色装修，整齐的货架，角落里还有一个搭建起来的二层办公室。透过办公室的玻璃窗可以看到里面的电脑桌和椅子，还有一排红酒架和沙发，沙发旁边还摆放着一些简单的健身器材。闫京环视铜塑厂内的陈设，若有所思。

"有没有联系铜塑厂的老板？"

邓德翔翻看着手中的记事本："老板叫张阳，暂时联系不上，正在想办法。"

闫京走到了尸体附近。法医正在对尸体进行勘察。刘夏看到了闫京，闫京也看到了刘夏。两人四目相对，闫京没敢打招呼，赶忙躲开刘夏的眼神，假装没看到。

刘夏主动走了过来："尸体全身呈现大面积四级烧伤，也就是炭化，牙齿没有被烧毁。头部有钝器击打伤。初步可判定死者是一名一米七左右的成年男性。就目前的尸表特征来看，死者有可能是因为钝器击打头部致颅脑严重损伤而死亡。"

"死后焚尸？"闫京听到击打致死的推测，又看到眼前的焦尸，便提出了疑问。

刘夏翻看了一下笔记本上的记录，接着说道："对，目前可以确定是死后焚尸。如果是生前被烧死，那么由于烟雾和火焰的刺激，受害者被烧死时紧闭双目，睫毛一定是仅尖端被烧焦，在受害者死后，也会在眼角形成未被烟雾熏黑的'鹅爪状'改变，但死者的身体上都没有这些迹象。其他具体的情况还得把尸体带回去做进一步的解剖和检查才能知道。"

说完之后，刘夏转身离开了，继续去工作。闫京也没敢再跟刘夏多说一句工作之外的话。

邓德翔赶忙凑到闫京的身边："师父，在死者装钱的箱子里找到一张身份证，身份证信息是唐川，他正是一周前儿童绑架案的犯罪嫌疑人。"

邓德翔把装在透明塑料袋内的唐川的身份证递给了闫京。

"你还说是触碰到了熔炼炉旁边的熔融金属溶液,引火烧身。法医说是死后焚尸,死人怎么主动去触碰?"

闫京接过身份证,仔细观察。身份证的外面还套着一个很新的保护套。

"师父,我……"邓德翔刚想要说什么,就被闫京打断了。

"翔子,一个绑匪,会把身份证用保护套套着装在箱子里吗?"闫京把身份证举起来,给邓德翔看。

邓德翔一愣:"呃……"

闫京把身份证给了邓德翔。

"你刚才要说什么?"闫京继续追问了一句。

"师父,我想说,死者触碰到熔炼炉旁边的熔融金属溶液,引火烧身。这个是报案人说的。"邓德翔接着说完了刚刚被打断的话。

"报案人呢?"闫京以为是有目击者。

"应该叫投案人,师父。"

闫京瞪大了眼睛问道:"自首?"

邓德翔把身份证收到证物袋内:"对,投案人就是一周前绑架案的受害者的家属,被绑孩子的父亲,陈韬。"

"什么?"闫京有些不太相信,毕竟他和陈韬打交道也不是一天两天了。

"他不仅报了警,还把自首的视频传到了网上。"

邓德翔的这番话,让闫京的心里产生了不祥的预感。

2

雨过天晴,刑侦大楼外围满了记者,此时他们正躲在树荫下乘凉。远处传来几声警笛声,记者们纷纷起身,匆忙从包里掏出机器。

"快快,他们回来了。别拿机器了,用手机。"

记者小陈催促她的摄影师赶在其他人拍照之前拿出设备。毕竟抢到头条,第一时间将视频剪出来传回台里,赶在午间档播出,才能增加收视率。收视率增加了,广告商才会来,电视台才能增加收入。在这个年代,手机媒体显然已经先于电视媒体,电视媒体还不快人一步的话,小陈的工作基本上就难保了。

小陈简单捋了捋头发,习惯性地摆好了假笑的表情,面对着摄影师手中的手机。

"这,报道杀人犯被抓还微笑?不好吧。"摄影师显然对小陈的职业假笑有些看不下去。

"别管那么多,开机。"然而小陈却对自己的职业假笑充满了自信。

摄影师匆忙按下了录像键。

"观众朋友们上午好,《西山之剑》节目在现场为您报道,一周前儿子被绑架撕票的本市知名企业家,媛源便利的老板陈韬,于今早在本市郊区铜塑厂命案现场投案自首。短短几个小时,陈韬的自首视频在网络平台上的点击量已经破百万次。目前,犯罪嫌疑人陈韬正在被带回警局的路上……"

小陈说到一半,几辆警车呼啸而过,警笛声迅速淹没了后面的话。

警车停在了刑侦大楼外,陈韬被带下警车,记者们纷纷围了上去。

小陈冲着摄影师喊道:"快,跟上。"两人慌慌张张地向人群跑去。

"大家让一让。"邓德翔拨开人群,把陈韬带进刑侦楼内。闫京也跟着跑了进去。佟琳将记者们堵在了楼外。小陈好不容易左钻右钻,来到了人群最前面。

"请问,这次的案件是陈韬的报复行为吗?陈韬为什么要在网上发视频自首?陈韬这样的行为会对他的连锁便利店造成影响吗?"小陈在拥挤的人群里,用尽全力把话筒递到了佟琳面前。

"现在一切还都是未知,请大家不要猜测和随意报道,等待案情弄清真相后,我们会召集大家开案情说明会的,感谢大家,大家请回吧。"

佟琳说完之后,就往刑侦大楼内走,小陈赶忙上前一步,将自己的名片塞到佟琳手里。

"我是西山市电视台的,开案情说明会的时候记得联络我。"

"好。"佟琳接过名片,装进兜里,走进了刑侦大楼内。

3

年过半百的陈韬,第一次坐在审讯室内。审讯室里的环境比他想象中要好很多。无数的影视剧中,审讯室里总是一片漆黑,一盏台灯打出微弱的光,犯罪嫌疑人和警察之间只隔着一张桌子。此时的陈韬,坐在一个能把手脚铐牢的椅子上面。抬头是日光灯,四面是蓝色的软包防撞墙,侧面的墙壁上还有空调,背后是一个多功能电子钟,上面除了显示时间和日期之外,还有温度和节气。陈韬的前面有一张桌子,桌子上摆放着一台电脑,邓德翔正坐在电脑前敲打着键盘,记录着什么。

闫京端着一杯速溶咖啡推门走进审讯室,打开了摄像机,坐在了邓德翔的旁边。他望着陈韬,眼神中没有陌生,只有些惊讶。

"正要找你呢,你倒自己来了。"

闫京喝了一口咖啡,虽然真相就摆在眼前,但闫京却觉得真相中充满了蹊跷和迷雾。闫京望着低着头的陈韬。

闫京接着问道:"把我骗走,就是为了这一出吧。怎么感觉这都是你计划好的呢?"

陈韬突然抬起了头,开了口。

"人是我杀的,不对,应该说是我失手杀的。"陈韬的声音很尖锐,语气却透出一丝慌张。

"失手?"显然,闫京发现了陈韬叙述中的漏洞,他太想知道这个"失手"的背后隐藏着多少秘密。

"对,我没想杀他,只是在争执中不小心发生了意外,我推了他一下,是他自己没站稳。"

陈韬的叙述逻辑似乎有些混乱,大拇指一直夹在食指和中指的中间,眼神也一直在躲避闫京。

"你们俩怎么会在那个快倒闭的铜塑厂里？"闫京看得出陈韬很紧张，他不想在这个时候给陈韬施加太多压力，于是打算换一个话题作为突破口，来揭开这层迷雾。

"他，绑架了我女儿。"果然，闫京没有再追问凶杀过程之后，陈韬的状态放松了很多。

"钱是你的？"顺着他的话，闫京想询问案发现场的大量现金到底是从哪儿来的。

"对，他让我带两百万过去，但是我只凑到了一百万现金。"陈韬说这句话时没有任何犹豫，脱口而出。

"绑架了你女儿？什么时候？之后呢？"闫京放下了手中的咖啡杯。

陈韬抬头，望着闫京的眼睛，长叹了一口气。

"昨天下午，我被临时通知去公司开会，忘了接我女儿。随后，我收到一条我女儿发来的信息……"

4

五月二十日下午，陈韬开车来到公司的地下停车场。

陈韬的公司位于西山市迎西大街旁的黄金地段。作为西山市最知名的企业家，陈韬其实并不是西山市人。和邓德翔一样，陈韬是西江县人。

二十世纪七十年代初，陈韬出生在西江县。他从小在西江县长大，在那儿读书、结婚，和妻子生下了女儿陈媛。

陈韬家是开小卖部的，他母亲也希望儿子能把小卖部传承下去，继续发扬光大。可是西江县毕竟只有这么大。陈韬似乎一眼就能看到二十年后的自己，日夜坐在小卖部的玻璃柜台后面，过着穷苦又悠哉的生活。或许小卖部还能传给自己的女儿陈媛，到时候他也会跟陈媛说同样的话，把小卖部传承下去，发扬光大。

想来想去，陈韬觉得他不能在西江县待下去了，必须奋发图强，改变自己。

二十世纪九十年代初，陈韬带着老婆和刚出生的女儿来到了西山市，开启了自己的创业之路。

陈韬首先想到的是做自己最熟悉的事情，就是在西山市开一家小卖部，然而西山市并不缺小卖部，对于陈韬这个外来客而言，竞争压力十分大。所以，陈韬必须要想出一个与众不同的方法来吸引客流量。

陈韬逛遍了西山市的小卖部，做了一个总结。大多数的小卖部都是柜台式售货，买东西的人接触不到商品，需要柜台里的服务员或者老板将商品拿下来递到客人手上。

这样的售货方式在陈韬看来有极大的弊端，卖东西的人往往在拿了两三次之后就开始没有耐心，产生烦躁的情绪，而这个情绪又会影响到买东西的人，从而使销量下降。最终买东西的人也生气，卖东西的人也不高兴，这种模式并不是一种良性的售货方式。

于是，陈韬将售货方式进行了大胆的调整：货物就摆在货架上，买东西的人可以随意挑选，而售卖的人只需要站在门口结账即可。

陈韬拿出所有的积蓄，开了西山市第一家自助售货的小卖部。没想到小卖部一开业大受欢迎，还引来了西山市电视台、《西山日报》和西山市广播台的争相报道。很快，陈韬的小卖部吸引来很多想要和陈韬合作的人。

在众多合作对象中，有一个十分特别的女孩，她开出的条件让陈韬左右为难。女孩叫小丹，刚从国外留学回来，父亲是西山市有名的富商。

小丹声称可以出资帮助陈韬将这种自助售货的模式推广开来，将店面扩大到上千平方米，并且命名为超级市场，一定会有很大的前途，到时候可以做连锁超级市场。

陈韬和小丹达成了合作，开始整天和小丹待在一起。工作之余，小丹总是邀请陈韬一起吃饭。陈韬不好拒绝，但又怕妻子误会，便跟妻子说了谎。

没过多久，陈韬的谎言就被妻子揭穿——陈韬和小丹吃饭时，被陈韬妻子的朋友刚好撞见。

陈韬的妻子无法接受自己受骗，也无法接受自己的朋友对自己感情生活的议论。于是，她向陈韬提出了离婚。

陈韬和妻子离婚几个月后，便和小丹登记结婚了，婚后还生下了一个男孩，取名陈源。只是小丹在生完孩子不久就突然出国了。陈韬才知道，原来小丹和自己结婚，其实只是为了急于出国工作，并且能让父母放心。但小丹的父亲并不知道陈韬结过婚，还有个孩子。

小丹的父亲一气之下收回了对陈韬的投资。好在陈韬的超级市场是和小丹签过合同的,陈韬分走了40%的股份。

带着两个孩子的陈韬陷入了人生最大的困境,一时不知道去哪里找小丹,对下一步要做什么也十分迷茫。陈韬狠下心来,花钱将大女儿陈媛转学到了翠城市读中学,自己在西山市带着小儿子再想办法。陈韬觉得至少小丹的父亲不会对小丹的儿子使坏。

陈韬决定将超级市场缩小,变回自己以前经营的十几平方米的样子,然后开放加盟,做成连锁小超市。店铺遍布西山市大大小小的街道和小区,最大限度地为居民购物提供距离上的方便。

数年之后,陈韬创立的媛源便利店开遍了西山市,成了家喻户晓的购物便利店。陈韬自己的公司也越做越大,并且只做加盟连锁。腾出一些时间的陈韬有时候也会和别人合伙,做一些其他项目。眼看陈媛即将大学毕业回到西山市,陈韬心里觉得有些对不起女儿。

在陈媛回来之后,陈韬安排她学习商业管理课程,希望女儿将来能够继承媛源便利有限公司,将媛源便利店推向全国。

陈媛在父亲的安排下,每天都要去上课。下午下课之后由父亲接回家。

五月二十日下午,陈韬接到临时通知,要回公司开会,一时忘记了去接陈媛。

陈韬到公司的地下停车场停好车后,匆匆忙忙进入电梯,将手机落在了副驾驶座上。手机屏幕突然亮起，陈嫒打来了电话。

与此同时，陈嫒正站在和父亲约定好的地方等待着父亲来接自己。陈嫒看着手机屏幕，父亲的电话一直无人接听，她随即挂断了电话，准备给父亲发信息。

正在电梯里的陈韬突然发现手机没有拿，又赶忙返回地下停车场。

"爸，你在哪儿？你要不来接我，我就自己回去了。"

陈嫒按下了发送键，将编辑好的信息发送了出去。一辆黑色的新能源商务车停在了陈嫒面前，司机摇下了车窗。

"陈嫒？"司机带着试探性的语气询问陈嫒。

"你是？"陈嫒对这位突然出现在自己面前并且知道自己名字的陌生人感到好奇。

"哦，我是你父亲公司的人，他让我来接你。"

司机确定了陈嫒的身份后，很自然地表达了自己的来意。

犹豫了片刻，陈嫒还是选择了相信，上了眼前这辆黑色新能源商务车。

在车上拿到电话的陈韬，看到女儿陈嫒发的信息后，马上打了电话过去，却一直无人接听。

陈韬拿着电话准备再次进入电梯，电话突然响了起来，显示是女儿的来电。陈韬看了一眼微弱的信号，马上退出电梯，接起了电话。

"宝贝，爸爸今天要开会，没办法去接你了。"陈韬接起电话，怕女儿等得着急，先向女儿说明了自己的情况。

"我知道你要开会,不然我怎么能有机会呢?"电话的另一头传来一个男人的声音,显然不是来自陈韬的女儿。这个声音略带沙哑,听起来像是使用了变声器。

"你是谁?"陈韬心里咯噔一下。他无法预测女儿遇到了什么样的危险。

"我是谁不重要,想见你女儿的话,带两百万现金来北郊的扬名铸铜雕塑厂,只给你一个小时的时间。"

陈韬的心跳加速,他可以确定,女儿遭到了绑架。

"可是,我没有那么多现金。"陈韬靠着墙壁,尽可能地平复自己的心跳,让自己不那么心慌难受,并且想办法多拖延一些时间,争取能寻求更多的帮助。

"那是你的事,另外,最好不要报警。"

对方并没有给陈韬机会,斩钉截铁地说完便挂断了电话。

靠着墙角的陈韬有些不知所措,这时电话再次响了起来,是陈韬的助理赵嫆打来的。陈韬赶忙接起了电话。

"您在哪儿呢?公司的人都到齐了,一直在等您。"面对从来都不迟到的陈韬,赵嫆的心里充满了疑惑。

"会议取消,现在马上把公司的备用金都送到我家里来,只要现金。"陈韬说完便挂了电话。

陈韬坐进车里,看了看手表,只剩下五十六分钟了,他没有时间再和赵嫆多说一句话,只能拼尽全力和时间赛跑。女儿陈媛的生命安全才是眼前最重要的事。

5

陈韬家位于西山市的南边,距离市中心迎西大街有十五分钟的车程。好在西山市并不大,从最北边开车去最南边,也就一个多小时。陈韬需要赶回家里,拿到钱之后,再开车赶去北郊的铜塑厂。

从家里去北郊需要半个小时,可见时间完全在绑匪的掌控之内。陈韬根本没有空闲时间去寻求他人的帮助。给陈韬的时间越少,就越有利于绑匪的计划得逞。

陈韬驾车穿过两条长街,赶到了小区门口。一辆垃圾清运车挡住了进小区的路,来不及等垃圾车挪走,陈韬开门下车跑进了小区。

陈韬和小丹的父亲分家之后,一开始租住在市中心附近的一个普通小区。媛源便利店做起来之后,陈韬在西山市的南边买了一套带小院的小别墅。别墅区管理严格,除了业主和家人,其他来访人员一律都须预约。来访人员预约后获得出入二维码,但凭二维码只有一个小时的出入许可,超过了时间还需要业主给物业打电话。虽然看起来麻烦些,但业主的安全得到了保障,这是陈韬选择这套小别墅唯一看重的地方。

指纹识别进入小区后,陈韬直奔自己家的小院。小别墅总共两层,外加一层地下室。地下室被陈韬修成了车库。一楼是客厅和厨房,平时有什么业务或者需要会客,陈韬都安排在一楼。二楼是较为私密的卧室。

卧室内有一个独立的暗门,里面摆放着一个保险柜。陈韬冲进房间，打开暗门，此时已是满头大汗。他长出了一口气，冷静片刻后输入密码，打开了保险柜，将里面的钱装入一个皮箱内。

这时，陈韬的手机响了起来。

"谁？"陈韬没顾上看手机屏幕就接起了电话。

"陈总，是我，赵熔。"

此时，赵熔已经帮陈韬把车挪到了路边，被挡着的垃圾清运车开了过去。

"哦，我没看手机，你在哪儿呢？"

陈韬把电话夹在耳朵和肩膀中间，两只手把装满钱的皮箱的拉锁拉了起来。

"我在你车里，你的车刚刚挡路了，而且钥匙也没拔。"

赵熔一边打着电话，一边望向窗外。小区的保安向赵熔走了过来。

"您好，这里不允许停车。"

保安弯腰，看向车内的赵熔。赵熔一时不知道该怎么回答。

拿着电话的陈韬听到了保安的声音："你告诉他，我马上出去。"

陈韬挂了电话后，提着皮箱，一路小跑来到了小区门口。赵熔站在车旁边跟陈韬招手。陈韬拉开车门把皮箱放到车内。

"钱呢？"陈韬的神情看起来有些慌张。

"我放到后备箱的皮箱里了……"赵熔不知道该不该问出了什么事，话说了一半又咽了回去。

"有多少？"陈韬已经没有时间再打开后备箱查看了。

"有六十多万，本来计划今天送去银行的。"

"坏了，那还不够。"陈韬一边小声嘟囔，一边打开车门上了车。

"陈总，这是……出了什么事？"赵嫆终于把憋了半天的话说了出来。

"没事，你回吧。"陈韬关上车门，迅速离开了小区。

二十五分钟后，陈韬赶到了北郊的扬名铸铜雕塑厂。

拉着皮箱的陈韬来到了铜塑厂的大门口。

"进来吧，门没有关。"阴暗的车间里面传来了一个男人的声音。

陈韬大步走入铜塑厂内。

"好，站那儿别动。"黑暗的角落里再次传出了这个男人的声音。

陈韬停下了脚步。

这时，天色渐晚，整个铜塑厂内能见度很低，基本上五米之外就什么也看不清了。角落里的熔炼炉火光隐隐，旁边一个直径看起来有两米的容器里似乎还盛放着金属溶液。

二楼办公室的边缘，露出了一个戴着面具的脸庞。

陈韬看到男人的面具和穿着，心里咯噔了一下。

男人向陈韬招了招手，让陈韬靠近，并将一个拴着绳子的筐子从二楼放到了一楼陈韬的面前。

"把钱放到筐子里。"

陈韬照着男人说的，把钱从皮箱里转移到筐子内。

男人将筐子收回二楼，把钱一点一点地取出来，放进了自己的箱子里。

"我女儿呢？"

男人听到陈韬的问话，停下了手里取钱的动作，此时，筐子里只剩下最后一捆十万块钱。

"九十？"男人没有理会陈韬，自己嘟囔了一声，随后把最后一捆十万块钱装进箱子内，然后拎起箱子，就要从二楼办公室的另一侧离开。男人刚要转身，突然停下了动作。

"我让你带两百万来，但你只带来一百万，那对不起，我只能撕票了。"男人说完之后，按动着手里的手机，似乎在给谁发信息。

"什么？"陈韬突然慌了，有些不知所措，四处寻找上二楼的楼梯。

男人朝楼下想要向自己冲过来的陈韬喊道："喂，你别费劲了，我向来说到做到。"

听到这话，陈韬停下了脚步。

男人继续喊道："对了，你也不能对我做什么，否则你女儿的尸体你永远都见不到。想知道你女儿的尸体在哪儿的话，还需要继续付完剩下的那一百万。付款方式我会打电话通知你的。"

男人说完之后，重新拎起装满钱的箱子，向办公室的另一侧走去。

陈韬见男人要走，火速找到楼梯，冲到二楼和男人扭打在一起。

男人在扭打过程中一不小心从二楼栽了下去。装钱的箱子掉在了地上,男人起身要捡,陈韬也从二楼跳了下来,就在男人靠近箱子的时候,他用尽全力推了男人一把。男人没站稳,触碰到熔炼炉旁边的熔融金属溶液,引火烧身。

只见男人痛苦地挣扎着,瘫软倒地,几秒之后便失去了意识,最终一动不动。

陈韬望着眼前的一切,熟悉的面具,熟悉的衣物,吓得蹲坐在地上,浑身颤抖。

6

一周前,五月十三日,一个戴着相同面具、身穿相同外套的男人出现在陈韬的手机屏幕上。此时,陈韬正坐在家中和戴着面具的男人进行视频通话。他正是绑走陈韬儿子的绑匪。

视频里,男人把镜头转向不远处的沙发,陈韬的儿子陈源正坐在沙发上吃着零食看动画片。陈韬的眼中泛着泪光,透露着一丝惶恐,抬眼看向此时站在手机后面的闫京警官,希望他能给自己一些和绑匪对话的提示和技巧。

佟琳和邓德翔坐在闫京的身后,正在目不转睛地盯着电话定位监听设备,陈韬和绑匪的视频通话画面被实时同步在警方的电脑屏幕中。闫京赶忙指了指手机,让陈韬的视线回到手机屏幕上,别让绑匪发现手机的背后还有其他人。

"两百万准备好了吗?"

绑匪回到手机画面中，陈韬赶忙把视线也移回到手机屏幕上。

"准备好了。"

两百万对于陈韬而言并不是一个多么庞大的数字，很容易在短时间内凑齐，可见绑匪相当了解陈韬的经济实力。

"一小时后，柳巷街口见，把两百万分成两个箱子装。"绑匪说完之后就要挂断视频。

"柳巷街口？什么位置？我儿子呢？"看着要挂断视频的绑匪，陈韬显得有些慌张。

"你沿着柳巷街，由北向南走，会看到我的。"绑匪有些不耐烦，匆匆补充了一句，马上挂断了视频。

陈韬再次望向闫京。闫京看向佟琳。

"定位嫌疑人在砖窑村附近。"佟琳迅速向闫京报告了信号追踪的结果。

"翔子，你带一队人马去砖窑村。按照刚才视频里房间的墙壁颜色和窗户形状，立即展开搜寻，争取在交易之前，在最短的时间内找到孩子。"

邓德翔听到闫京下达的命令之后，立马起身应答："是，师父，保证完成任务。"

闫京转头看向陈韬："陈总，你跟我走。"

陈韬开着车驶出别墅区，闫京和其他警员的车依次拉开距离，跟在陈韬的车后。

四十分钟后，陈韬的车从柳巷街的北口拐入。柳巷街是一条南北走向的窄街,中间被铁栅栏隔开,把街道分为东西两个部分,东边是由南向北的车辆,西边是由北向南的车辆。

陈韬的车开到柳巷街的中段,遇上了红灯,便跟在别的车后面,排着队,停了下来。

陈韬透过车窗,看到一个戴面具的男人站在铁栅栏的另一边,在向他挥手。

闫京的车停在陈韬的车后面两辆车之后的位置。

"闫队,绑匪出现了。"坐在闫京旁边的佟琳也看到了冲陈韬挥手的男人。

"我看到了。"闫京正在想办法如何对付站在对面路边的绑匪。

陈韬下车后,从后座取出两箱钱,吃力地将箱子提起来向绑匪示意。

绑匪看到后,举起了手里的手机,示意陈韬接电话。

陈韬把一箱钱暂时放在了地上,从裤兜里掏出正在振动的手机,按下了接听键。

"把箱子扔过来。"除了钱之外,绑匪似乎不想和陈韬多说一句废话。

"我儿子呢?"对于两百万而言,陈韬更关心自己儿子的生命安全。

"我安全离开后,会把你儿子的位置发给你。"

为了尽快见到儿子,陈韬只好把钱分两次扔了过去。

绑匪拿到钱后,转身上了停在旁边的摩托车。

在车里的闫京，看到绑匪要逃跑，马上对着对讲机喊道："嫌疑人上摩托车了！"

闫京还没说完，只见绑匪发动了摩托车，迅速逃离。

闫京看到情况不妙，立即扔下手里的对讲机，按响了方向盘上的喇叭。恰巧红灯变成了绿灯，闫京前面的车辆赶忙给闫京让开了道路，闫京在红绿灯路口迅速掉头，追捕绑匪。

绑匪的摩托车开出了柳巷街，开上了一座立交桥，闫京的汽车在后面紧追不舍。立交桥上并没有其他车辆，闫京踩下油门，加速行驶。眼看闫京就要追上绑匪的摩托车，然而令闫京没想到的是，突然出现了另外一辆摩托车，挡住了闫京的去路。闫京赶忙踩刹车，另一辆摩托车上的人迅速跳车，摩托车卡在了闫京的车下面。

闫京冲着佟琳大喊了一声："下车！"

两人打开车门赶忙下车，几秒钟后摩托车发生了爆炸。

闫京眼看绑匪的摩托车远去，只好追捕刚刚跳车的那个人。可跳车的人突然站在了桥边，就在闫京和佟琳的眼前，跳桥自杀了。

闫京带着陈韬和佟琳赶到桥下。桥下已经被先一步赶到的警员拉起了警戒线。

"闫队，人已经死了，在他身上找到了一部手机。"警员把装在透明塑料袋内的手机拿给了闫京。

陈韬有些吃惊地望着躺在地上一动不动的男人："唐龙？"

闫京扭头看着陈韬，问道："你认识？"

陈韬有些没回过神儿来。

"呃，对，他是我司机唐川的父亲。"

闫京接着又问道："唐川在哪儿呢？"

陈韬一时没回答。

闫京大声冲陈韬吼道："我问你唐川在哪儿呢？"

陈韬被闫京突然放大的声音吓了一跳："我……我也不知道。"

这时，佟琳来到闫京身边："闫队，孩子找到了。"

陈韬和闫京同时看向佟琳。

7

一个小时前，邓德翔带队赶到了砖窑村。

砖窑村是西山市著名的城中村，外来人口居多，人员杂乱。

村民们把自家的地都盖成一个又一个小院。为了能够多收租金，谁也不愿意浪费一点空地，基本上小院和小院之间只有一米左右的宽度。过道两旁是小院的外墙，也是小院的门面房。小院中间是天井，四周环绕楼梯。

每层楼都有用来出租的小房间。两边的门面房的装修风格通常都是统一的，看起来像是理发店，可白天基本都不开门，只有晚上才开门。里面也不见理发的工具和剃头的师傅，只有粉红色的灯光，几个穿着暴露的女子不厌其烦地向路过的人们挥手、微笑。

小院的里面藏着大大小小的网吧，三楼以上的都是无业游民和打工青年。

顶楼还暗藏着一些赌博场所,对外声称是游戏厅。其实客人在里面玩游戏赢的币是可以找老板兑换现金的。

砖窑村是警察经常光顾的地方,无论是寻找逃犯还是抓黄抓赌,警察总能有所收获。这种鱼龙混杂的地方,依然还有络绎不绝的打工青年前来租住,毕竟,这里要比在正规小区里租房子便宜多了。

由于警察常光顾,砖窑村内部靠做坏事养家糊口的人们也制定了相关的对策。比如在楼顶架设望远镜,安排专人二十四小时巡查,只要发现可疑人员,马上通报。当警察进入村里的时候,所有违法乱纪的事情已经被遮盖得毫无痕迹了。当然,警察也对此做出了相应的计划,在砖窑村里寻找了几个收废品的老头和摆小摊的摊主,秘密招收他们成为警方的线人,通过发放工资的形式,来换取一些有用的线索。

邓德翔来这儿之前就联系了警方的线人。通过线人他得知,一个卖油炸臭豆腐的大姐认出了邓德翔要找的绑匪视频中的房间。

为了不打草惊蛇,邓德翔装作若无其事的样子走进了砖窑村,来到臭豆腐摊位,点了一份油炸臭豆腐。卖臭豆腐的大姐将房间的地址写在盛放臭豆腐的一次性饭盒里面,递给了邓德翔。

邓德翔转身夹起臭豆腐,便看到了地址,马上用手机拍照,将地址内容发送给了其他警员。

几分钟后,邓德翔和警员们悄悄靠近了地址中的房间。邓德翔利用手机的摄像头,透过走廊窗户的缝隙,查看了屋内的情况，里面静悄悄的。邓德翔用尽全力，一脚踹开房门，以最快的速度冲进屋内。警员们紧随其后，也纷纷冲入屋内。

然而，绑匪并不在屋内。陈韬的儿子躺在沙发上，看起来已经没有了生命迹象。邓德翔抱起孩子冲身后的警员大声喊道："快，马上去医院！"

半个小时后，闫京和陈韬赶到医院。坐在走廊里的邓德翔看到师父来了，马上起身。

"我儿子呢？"陈韬已经顾不上询问经过了，他只想知道此时此刻自己的儿子是否还活着。

邓德翔没有说话，似乎不知道该怎样面对陈韬和自己的师父。

一旁的警员赶忙向闫京报告："闫队，我们到出租屋的时候，孩子就已经死亡了。"

陈韬听到"死亡"两个字，扑通一声瘫坐在地。旁边的警员赶忙上前搀扶。

"什么原因？"此时的闫京只想知道拿了钱的嫌疑人为什么还要撕票。

"不是撕票，是孩子吃了花生导致过敏，引起急性喉头水肿，窒息而死。"邓德翔说完之后痛哭流涕地蹲在了地上。

"我就晚了一步，师父……我没有完成任务，我就晚了一步，都怪我。"

闫京蹲下来拍了拍邓德翔的肩膀，什么都没有说。

8

陈韬背后的多功能电子钟显示的时间是五月二十一日上午十点。陈韬已经在审讯室坐了一个多小时了,他的状态比刚进来的时候放松了很多,像是把肚子里憋了一晚上的话全说完了,接下来就听天由命的样子。

而闫京觉得陈韬说的不完全是真相。

坐了很久的闫京显得有些困倦。闫京突然起身,往旁边走了几步,侧身对陈韬说:"陈韬,五月十三日,你儿子突然遭到绑架,你报了警,我们在追捕绑匪的过程中遭到唐龙阻拦。唐龙为什么要帮绑匪逃走?随后我们在砖窑村发现了你儿子的尸体,并且通过附近的监控,找到了唐龙的儿子唐川的身影。"

闫京转过身,望着陈韬。

"五月十五日,你第二次报警,声称唐川跑到你家要杀你,因为你喊了救命,所以他逃走了。你还描述了唐川当时穿着绿色上衣,灰色裤子。我们照你的描述在长途汽车站的监控中找到了一个蒙着脸、穿着绿色上衣和灰色裤子的可疑男性。还拿监控画面给你看,你斩钉截铁地说他就是唐川。我马上带人开车几百公里,一路追到乡下,才发现那人是一个脸部过敏、蒙着脸来城里看病的农民。你为什么这么做?"

"可能是我看错了,实在对不起,但衣服确实是对的。"陈韬说话的时候,一直不敢看闫京的眼睛。

闫京回到了座位上,喝了一口咖啡,接着说:"紧接着,五月二十日,你女儿再次遭到绑架,这一次你没有报警,而是在绑匪意外死亡后选择了自首。你为什么没有选择逃走?"

闫京心里很清楚,死者绝不是如陈韬所说的不小心触碰到金属溶液,引火烧身而亡,而是死后被焚尸。陈韬没有选择逃走,一定是为了掩盖不可告人的秘密。

"我不想我女儿再被绑架,也不想我女儿死。"陈韬说这句话的时候,依旧没有抬头。

"车呢?绑匪接你女儿的车呢?为什么不在案发现场?"闫京直奔重点,他隐约觉察到自己似乎被带入了陈韬设下的陷阱里。

"车?我不知道,我去的时候也没有看到。"

闫京先是一愣,紧接着佯装淡定地随便补充了一句:"你女儿在哪儿?"

他试图找出陈韬谎言中的破绽。

"我……我也不知道我女儿在哪儿。"对于闫京的追问,陈韬犹豫了片刻。

"所以你自首是为了让警察帮你找女儿?"闫京再次追问。

"对。"陈韬的回答干脆利落,毫不犹豫。

"你撒谎!"闫京听到他如此之快的回答,气不打一处来,一激动,心跳也加快了许多。陈韬没有再接话。闫京缓了几秒钟,接着说:"你坐在审讯室里有一个多小时了,根本就没有担心过你女儿,因为你心里一直在想怎么把这些谎话编得让我们都相信。如果我猜得没错的话,你女儿根本没有被绑架。如果死者是唐川,我想这会不会是你之前故意把警方引开,然后

实施的报复计划?"

陈韬显得有些慌张:"不,不是报复。"

闫京继续追问:"我不想知道是不是报复,我现在只想知道,唐川为什么要绑架你儿子?你为什么故意引开我们,不让我们查唐川?你和唐川之间有什么恩怨?"

陈韬沉默了片刻,缓缓说道:"唐川是被我开除的司机。"

"被开除就要绑架老板的儿子索要百万钱款吗?街上被开除的人多了去了。"闫京显然已经不愿意再相信陈韬了,"你最好想清楚再回答我,现在能救你的,只有你自己。你不用想着编个故事,发个视频,告知天下你是投案人,绑匪是意外死亡。那些都救不了你。"

这时,佟琳推门进入审讯室:"闫队,视侦科有新的发现。"

闫京转身跟佟琳来到走廊里,随手关上了审讯室的门:"什么发现?"

闫京在陈韬的谎言面前,急于想知道新的线索。

"视侦科说在距离案发现场不远处的一个小卖部门口找到了一段监控录像。画面中发现了陈韬的助理赵嫆的车从小卖部门口经过。"佟琳一边如实向闫京汇报,一边翻找着手中的资料。

"陈媛上车的地点呢?附近有没有监控?"闫京一晚上没怎么睡,此刻听到新的线索,突然精神百倍。

"陈媛上车地点附近的监控只能拍到车尾和陈媛上车的侧面,没能拍到司机。"佟琳显得有些失落,接着补充道,"但这辆车在陈媛被绑架的前几天都在陈韬的别墅区出现过。根据调查，这辆车是陈韬公司的车，平时都是赵熔开着，赵熔的弟弟赵鑫偶尔也开着去接送陈媛。"

"是赵熔和她弟弟接走了陈媛？"闫京感觉监控视频中出现的情况和陈韬所说的完全是两回事。

"可以确定，案发当天驾驶车辆的并不是赵熔。"佟琳如实告诉了闫京。

闫京接着问道："怎么能确定？"

"案发当天，陈媛上车离开之后，赵熔驾驶着另外一辆红色汽车经过了陈媛上车的地点。通过调查，这辆红色汽车登记在赵熔的老公张阳名下，案发前还被送去维修过。"

佟琳一边说，一边将视频截图和汽车的维修报告摆在闫京面前。

"张阳？那个铜塑厂的老板？"这是闫京第二次听到张阳的名字。

佟琳接着说："对。另外，在离案发现场不远处的小卖部门口的监控中也出现了赵熔驾驶的这辆红色汽车，还有陈韬的车。然而去时监控并没有拍到绑匪的车，只拍到它从铜塑厂离开时的车尾画面。先后顺序分别是：去时，赵熔的车、陈韬的车；返回时候，绑匪的车尾，赵熔的车尾。绑匪的这辆车查过了，是登记在陈韬公司名下的。"

闫京翻看眼前的视频截图说："佟琳，你马上安排人去市里所有的医院，调查一下有没有一个叫陈媛的伤者，街边的诊

所也要问问看。"

此时，闫京觉得，他距离真相似乎越来越近了。

"那赵熔呢？"佟琳问道。

"我和翔子去找赵熔。"闫京收好所有资料。

"好的，闫队，可为什么要去医院和诊所找陈媛？"佟琳对闫京的想法有些不解。

"陈韬很清楚我们会找到陈媛被绑匪带走的监控画面，绑匪的死也一定跟陈韬有关，不然他没有必要投案自首。但真相不一定全部如他所说。"闫京抬手看了看手表，接着说道，"已经一上午了，他根本就不担心他女儿，也不担心我们去他家里找他女儿。说明他女儿现在肯定安然无恙。陈媛不在家里，那肯定就在有人能照看她的地方，比如医院或诊所。"

佟琳恍然大悟地点点头。

闫京补充道："还有医院和诊所附近的监控画面，别放过任何细节。"

"闫队，如果她不在医院和诊所怎么办？"佟琳想知道如果在医院和诊所找不到任何线索，那下一步该去哪儿找。

闫京将手里赵熔驾车的视频截图举了起来："那赵熔一定知道她在哪儿。"

闫京坚定地看着佟琳，仿佛一切真相触手可及。

[第三章]

女助理・真相?

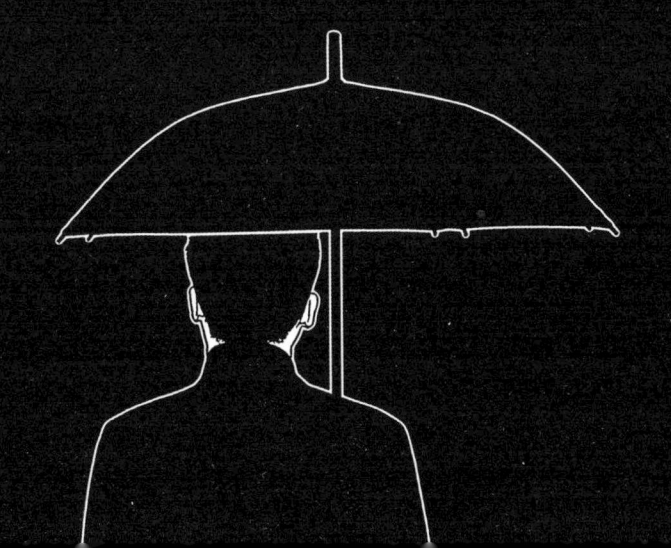

1

五月二十一日，中午十二点四十分。

邓德翔的车刚好遇到红灯停了下来，闫京的手环突然振动起来，他猛地一下睁开了眼，坐了起来。

邓德翔看了闫京一眼，说道："师父，您这个闹钟定得还真是时候，拐弯就到了。"

闫京揉了揉眼睛："一晚上没睡，就睡这半小时，还真是精神了不少。"

闫京掏出手机，点开连接手环的软件，查看睡眠情况。看到手机上显示深度睡眠三十分钟，闫京自言自语道："你看看，果然全是深度睡眠，怪不得我觉得自己睡得像掉到旋涡里一样，挣扎了半天。"

"师父，别看我昨晚在您车上睡了几个小时，其实深度睡眠也就二十分钟，今天的精神状态也不太好。"

红灯变成了绿灯，邓德翔的车缓慢起步。

"嘿，早知道昨晚让你开车了。"闫京从包里掏出一包湿纸巾。

"对不起,师父,都是我的错。"邓德翔觉得师父把睡觉的时间让给了自己,自己也没有珍惜,结果弄得两个人都没有睡好,心里很是内疚。

闫京撕开包装袋,取出湿纸巾,一边擦脸,一边说道:"不至于,我开玩笑呢。我最近这几年睡眠一直都不好,晚上基本上都失眠,全靠碎片时间来补充睡眠。所以昨晚你就是让我在车上睡,我也睡不好。"

闫京把擦完脸的湿纸巾装进包里的垃圾袋中。

"你看我随身带着湿纸巾,就知道我时刻都在睡觉,时刻都在保持清醒。"

邓德翔的车开到一个丁字路口,邓德翔把方向盘向右打了一圈,拐进了路口内。旁边的路牌上写着——五一街。

"师父您这可是不行啊,长期这样对身体也不好。"

邓德翔将车停在了街边,拉起了手刹。

"到了?"闫京赶忙把座椅靠背收了收,做好了要下车的准备。

"就在这个小区,但我想还是不要把车开进去了,感觉进去了不太好出来。"邓德翔一边往前探着身体朝车窗外观察一边说。

五一街的一端是市电视台,另一端是一个菜市场,从菜市场走出去就是五一广场。广场上有一间开了十几年的咖啡老店,叫五一咖啡馆。五一街的两侧不仅有卖水果的大哥和卖鸡蛋灌饼的大爷,还有网吧、小卖铺、废品收购站、小饭馆,晚上还

有卖烤串和麻辣烫的小摊位。

相传这里曾经是工厂的聚集地，便有了五一街的称号。随之而来的就是周边的五一小学、五一中学、五一药店等。后来城市改造，工厂都搬到了郊区，曾经的大面积工厂区都变成了高楼大厦，唯一保留下来的就是这条老街和老街一端的一个小工厂。小工厂后来被改造成了西山市电视台。

五一街的路面保持着工厂搬迁前的样子，没有被翻修过。街的两旁是两排整齐的国槐，高大而雄壮，每年枝繁叶茂的时候，这儿就成了纳凉的好去处。

五一街四十五号，是西山市电视台分配的宿舍楼，也正是五一街里唯一一栋小四层的楼房，始建于唐山大地震之前。在唐山大地震之后，单位领导为了员工的安全着想，又在楼外加固了一层水泥框架。宿舍的内部维持了二十世纪七十年代初的老式建筑风格，每层楼的走廊里都是多个独立的小屋子，一字排开。走廊的一边是屋子，另一边就是可以观望风景和晾晒衣物的公用阳台，屋子里没有卫生间和厨房，卫生间在每层走廊的中间。

一些住户把灶台摆在走廊里，每天到午饭时间，走廊里就会让人有种置身云雾里的感觉。此时，若有人在楼下观望，会发现这里犹如深山的白云仙境，还不时传出铁铲和锅的碰撞声，就像在观摩一场看不见的大闹天宫，甚是壮观。

闫京抬头望着这栋云雾里的住宅楼，忽然觉得它和在北郊抓贩毒嫌疑人时的那栋好像。

邓德翔在卖鸡蛋灌饼的摊位上买了两个鸡蛋灌饼，随手递给闫京一个。

"陈韬的助理怎么住在这样的小区里？"闫京一边接过鸡蛋灌饼一边问道。

"我也觉得不可思议。调查铜塑厂老板张阳的联系方式时，查到了这个地址，是张阳父亲以前单位分的房。"邓德翔一边说一边递给闫京一瓶矿泉水。

闫京拧开瓶盖喝了口水，又看了看云雾里的住宅楼，感叹道："真是扑朔迷离。进屋以后别提张阳啊，也别提陈韬的女儿。"

闫京说完之后向电视台的宿舍楼走去。邓德翔追了上去，问道："啊？为什么？师父。"

闫京没有回头，淡淡地说道："说不定，她会自己说的。"

闫京和邓德翔来到二楼赵嫆家门口，按响了门铃。开门的正是赵嫆本人。

"闫队长？你们怎么知道我住这儿？"赵嫆的疑问看起来是在表达疑惑，然而面部的表情却透露出一丝惶恐。

闫京和赵嫆之前在陈韬儿子绑架案的时候碰过面，也不算陌生了。

"陈韬投案自首了，他跟我们说的。"闫京很镇定自若地回答了赵嫆的疑问。

"你们请进吧。"赵嫆打开屋门，走进了屋里。闫京和邓德翔跟了进去。

闫京看到门口放了一个脸盆和一个鞋刷，似乎是刚刚刷了鞋。鞋刷上还沾着些许泥土。

"陈总早上给我打了电话，我去处理了一些事情，也刚进门。"赵嫆一边说一边走向里屋去倒水。

闫京观察了一下屋里。屋里确实没有什么生活气息，满屋堆放着大大小小的纸箱，一份赵嫆的人身意外保险摆放在纸箱上。靠窗的位置有一个盖着白布的沙发。闫京和邓德翔坐了下来，赵嫆从里屋端着两杯水走了出来。

"公司怎么样了？"闫京试探性地问了一句。

"公司照常运作，因为还有线下的便利店要运营。"赵嫆将水杯递给了闫京和邓德翔。

"你昨天晚上在家吗？"闫京突然转移了话题。

"昨天晚上？在家啊，外面一直下雨，我也没有出去。"赵嫆似乎早就准备好了一套话来应对闫京。

"你昨天晚上在家？"邓德翔听到赵嫆面不改色地说出谎话，似乎有些坐不住了。

闫京向邓德翔使了个眼色，赶忙起身说道："在家就行，那我们就先走了。"

闫京招呼邓德翔离开，邓德翔起身。

"呃……闫队长这就走了？"赵嫆不知道闫京为什么突然要离开。

"对，了解完了，我们得去找别人了解一些情况，随后会跟你电话联系的。"闫京一边说一边走向门口，邓德翔跟在后面。

就在马上要迈出屋门的时候,闫京突然回头说:"哦,对了,忘了跟你说了,死者是你们老板以前的司机唐川,据说是被你们老板开除了。他也是之前绑架你们老板儿子的绑匪。你们老板与他搏斗后,失手导致对方死亡,应该判不了死刑。"

邓德翔吃惊地看着闫京,在结案之前,所有案情都必须保密,是不能向外界透露的。况且现在死者的身份也只是陈韬供述出的,并不能完全确定。

闫京说完后转身向门外走去,邓德翔赶忙跟了出去。

赵熔听到死者是唐川之后,突然愣住了,恍惚了片刻说:"闫队长!"然后她追到走廊外面,喊住了闫京。

闫京回头望着赵熔。

赵熔接着说:"死者不是唐川,是我老公,张阳。"

邓德翔露出了吃惊的表情。闫京听到之后,震惊之余嘴角露出了一丝微笑。虽然眼前一片迷雾,但似乎一切都在闫京的掌控之中,迷雾,渐渐在消退。

2

张阳和赵熔原本住在一个普通的商品房小区内,这是张阳和赵熔结婚时合伙买的房子。之所以是合伙,是因为张阳当时并没有钱,自己的钱都拿去开了扬名铸铜雕塑厂。所有买房的钱都是张阳父亲给的。但到装修房子时他就没有钱了,赵熔只好拿出了自己全部的积蓄,作为装修费投入了进来。

张阳的父亲没有在房本上写赵熔的名字,所以,赵熔向张阳提出了管理房本的要求。对于张阳而言，这些其实都是无所谓的事情。张阳除了喜欢捣鼓自己的铜塑艺术外，其余的事情一概不想管，甚至连铜塑厂的营业执照之类的都扔给了赵熔管理。

面对张阳在感情方面的冷漠，赵熔其实早已习惯。在赵熔心里，她和张阳的感情不太像爱情，反而像亲情更多一点。属于赵熔自己真正的爱情，只有赵熔自己知道。她将此封存于心，从不愿向他人透露。这是赵熔心里的秘密。

赵熔出生在西江县。赵熔的父亲原是西山市人，读大学的时候认识了赵熔的母亲，两人一见钟情，很快坠入爱河。虽然赵熔的母亲之前一直和舍友声称"智者不入爱河"，却没想到，她成了最快掉入爱河的那个人。

大学毕业后，赵熔的母亲只能回老家西江县发展。为了留住自己的爱人，赵熔的父亲向家人提出结婚的想法却遭到反对。面对赵熔父亲家人的阻碍，两人的感情出现了危机。

赵熔的父亲思前想后，毅然决定离开西山市，去西江县和赵熔的母亲永远在一起。为了对抗家人，赵熔的父亲偷走了户口本，并且把自己的户口改到了西江县。赵熔的母亲备受感动，第二天就和赵熔的父亲前去登记结婚，从此，赵熔的父母就定居在了西江县。

赵熔出生后没多久，父母又生了一个男孩，取名赵鑫。两人的名字寓意着女孩要长得漂亮，男孩要有很多钱。两个孩子长大之后，父亲日渐后悔。他后悔的倒不是自己选择了爱情，只是很后悔自己放弃了西山市的户口，选择了西江县。当然，户口对自己倒是无所谓，他只是觉得挺对不起同是西江县户口的女儿和儿子。

赵嫆天生长得漂亮，从小被送到西江县艺术学校住校学习舞蹈。只有赵鑫跟在父母身边。而赵鑫想要变成有钱人，就没那么容易了。他除了靠父母，剩下的只能靠自己的努力。基本上所有的父母给孩子取名都会多多少少加入自己的愿望或寄托。显然，赵鑫的父亲是没钱的。然而，赵鑫并没有很好地完成父母给予自己的寄托。高考失利后，赵鑫只能在县里读了一个职业技术学校，学的是显像管维修专业。没想到自己还没毕业，液晶电视突然大火，显像管电视面临淘汰。临近毕业的赵鑫着实感觉自己正在面临着失业。

眼看赵嫆和赵鑫都要找工作，就在家人一筹莫展的这一年，一位瘦导演来到西江县游玩。

瘦导演并不是什么真正的导演，也没有拍过什么影片，只是有一颗想当导演的心，是活在朋友圈里的导演。

瘦导演曾经也是个大学生。大学毕业后，不甘于上班，一心想做出一番事业。因为酷爱影视，通过朋友介绍，去了剧组做散工。在剧组混迹了半年，一来觉得太累，二来觉得当散工也没什么前途，就不再接剧组散工的工作了。瘦导演拿着自己赚的那些钱，开始四处游玩，至于钱花完了怎么办，从来没有想过。瘦导演的母亲十分担忧儿子的前途，而瘦导演则说："车到山前必有路。"

母亲随即追问道："没有路怎么办？"

瘦导演马上回道："走的人多了，便有了路。"

于是，瘦导演以此为自己四处旅游的初心，反正多走，总会有路的。

瘦导演一边走一边拍照发朋友圈，觉得这也是一种寻路的方法，起码让朋友圈的朋友们都能知道自己每天在做什么。

照片发得多了，时常会被一些曾经在剧组一起打散工的朋友看到。看到瘦导演在游玩，朋友总会联络他，声称自己在某地拍戏，相约他探班一聚。瘦导演也十分热情，赶忙前往朋友的拍摄地。没想到在朋友的剧组里还能见到明星，瘦导演抓住机会上前与明星合影。合完影之后，瘦导演马上就发了朋友圈，上面配着文案：今天又来看大哥拍戏，我们聊了很多，回忆了很多年轻时的趣事，啊！当年真美好啊，大哥说我是他一辈子的好兄弟。

配文下面放了一张三张小照片拼接在一起的大照片，上面的小照片是瘦导演和自己朋友的合影，中间的小照片是瘦导演和明星的合影，下面的小照片是剧组的工作环境。不点开看的话，缩略图只能看到中间的照片，很容易让人误认为配文中提到的"大哥"是合影中的明星。

久而久之，瘦导演四处游玩，四处探班跟明星合影。合影发得多了，会让人产生一种瘦导演天天都在剧组拍戏的错觉。于是，瘦导演便成了一个活在朋友圈里的导演。别人都以为他是导演，其实他只是个四处游玩的闲散人员。

来到西江县，瘦导演踏上过江游船，意外了解到西江县的文化。西江县被一条江分割成南北两个部分，原来江上没有桥，人们都靠乘坐小船从南边到北边，从北边回南边。长年累月，就有了很多因坐船相遇而产生的友情、爱情故事。现在虽然有了桥，但是当地人依旧保留着当年坐船过江的生活习惯。瘦导演深受感动，举起手机想要和江水合影，并且马上发到朋友圈。没想到一脚踏空，掉进了江里。站在瘦导演身边的一个男人马上跳入江中将瘦导演救起。

瘦导演十分感恩救自己的男人，两人互换了联系方式，成了好朋友。男人从瘦导演的朋友圈了解到，瘦导演原来是一位认识各种明星的导演。而瘦导演也从男人的朋友圈了解到，原来男人是西山市知名的企业家陈韬。

两人相见恨晚，下船后马上约了一顿晚餐。

陈韬很早就离开了西江县，去西山市创业。经历坎坷的他时常会悄悄回老家散心。他一直想要找个机会宣传和发扬老家的文化，却无奈于自己根本没有时间，恰巧这一次碰到了很有时间的瘦导演。

陈韬觉得能认识瘦导演这样有才华的人，简直是自己命中注定的事。于是，陈韬决定出资三十万，办一场大型史诗级沉浸式歌舞剧《一切无关紧要的遇见》，并且让瘦导演全权负责项目的运作和导演工作。

瘦导演听了陈韬的这番话，激动得热泪盈眶，发誓一定要做出一部旷世奇作，决不能让陈韬失望。

就这样，瘦导演拿着陈韬的投资款，在西江县召开了记者

发布会。瘦导演感慨这一切就像是一场梦。一切都是无关紧要的遇见，却成就了此时如此盛大的发布会。瘦导演在西江县当地的媒体面前感谢了陈韬之后，声称要在西江县展开隆重的选角活动，所有的演员都要用西江县本地的演员。西江老板、西江戏、西江演员、西江情，要做一场原汁原味的西江歌舞剧。瘦导演发表的想法，让陈韬激动得热泪盈眶，他心里更加坚定地认为自己没看错人。

西江县艺术学校也特意选送了五十名优秀的毕业生报名参加了歌舞剧的演员选拔，赵嫆也在其中。然而面对大家的期待，一时脑热要搞歌舞剧的瘦导演却连剧本都没有。瘦导演在宾馆憋了两个晚上，把自己四处游玩时的所见所闻拼凑了一下，写了一个故事大纲，交给了陈韬。没有做过舞台剧的陈韬心里没底，便邀请了西山市的一位老作家共进晚餐，向老作家请教。

老作家年轻时也是在大城市闯荡过的人，一心想要当编剧，却没有什么好的机会，最终回到了老家养老和写书，成了西山市当地的知名老作家。这个知名并不是因为老作家写的书多么好，只是因为老作家写的书极其多。老作家从来不出版也不售卖他写的书，只是自己印制成小册子到处送人。有关系就托关系，没关系就硬是去一些高档小区，往别人的信箱里投放。久而久之，基本上西山市的各种企业家们就都对老作家有所耳闻了。而陈韬也是只闻其名，并没有看过老作家写的书。

陈韬把瘦导演带到了西山市，同时把老作家接到了西山市最高档的餐厅。三人相见，老作家误认为陈韬要投资歌舞剧，让他和瘦导演相见，是想聘用他当编剧。

于是，老作家说："编剧的工作极其重要，一剧之本，剧本才是剧作的根，好的剧本才能深入人心。所以，剧本一定要找像我一样从大城市回来的人来写，才能有好的文笔和好的生活体会。"

老作家说这话其实是想自卖自夸，向陈韬和瘦导演表示，他是从大城市回来的人，有好的文笔和好的生活体会。而陈韬却只是听到了"大城市"，便觉得很有道理。毕竟瘦导演一个人的力量太小了，如果有从大城市来的编剧给瘦导演增添一分力量，那么一定会拉高歌舞剧整体的分值。陈韬和瘦导演向老作家表达了感谢，并表示老作家说的确实很有道理，让他们受益匪浅。老作家以为陈韬要聘请他的事情已经板上钉钉，便满心欢喜地回家了。

送走老作家之后，陈韬向瘦导演建议，去翠城市找一个有名的编剧来，给瘦导演的剧本润色和加工。

翠城市，是国内的一线城市，是全国的人才都向往的地方。有人在这里成功，也有人在这里失败，翠城市有很多可以学习的机会，也有很多可以成长的经历。每年都有十几万名大学生涌入翠城市，他们在这里读书、学习、毕业、工作，有的人留了下来，有的人无法坚持下去，离开了这里，回到了老家。第二年又会有十几万名新的大学生们怀抱着梦想，涌入到这里，如此循环，优胜劣汰。丛林法则，在这个城市里体现得淋漓尽致。所以，能在翠城市留下来的人，一定是某方面的精英。

瘦导演听了陈韬的建议，也很高兴。本来瘦导演对自己的剧本就不满意，若能有外力帮助，对自己也是有好处的。托人介绍，瘦导演见到了翠城市的著名编剧亮亮老师，亮亮老师开价三十万编剧费，并且要带着自己的徒弟一起来完成这次责任重大的编剧工作。亮亮老师声称三十万里也有徒弟的酬劳。然而瘦导演的兜里只有三十万，哪请得起亮亮老师。

瘦导演以想要看看简历为由，要到了亮亮老师徒弟的资料。结果他发现亮亮老师的徒弟大楠竟然是西江县人。狡猾的亮亮老师并没有把大楠的联系方式写在简历里。机智的瘦导演通过网络搜索，居然找到了大楠曾经发在网络上的求职信息，联络到了大楠。

瘦导演和大楠一见如故，还知道了大楠是翠城大学中文系刚刚毕业的学生。询问得知，亮亮老师根本不给大楠编剧的酬劳，并且跟大楠说这是一次珍贵的实习机会，还跟大楠收了一笔学习费用。瘦导演思索了片刻，马上打电话跟陈韬进行了沟通。瘦导演决定跳过亮亮老师，以两万块钱的编剧酬劳单独聘用大楠，并且大楠将是这部史诗级沉浸式歌舞剧的唯一编剧。陈韬觉得大楠从大城市而来，又是西江县人，正符合老作家给出的编剧标准，便同意了瘦导演的想法。

大楠得知后，十分激动，也十分感恩瘦导演给予他的这次机会，马上声称若真能挂上唯一编剧的头衔，他愿意分文不取来完成这次编剧工作。

瘦导演一边称赞大楠后生可畏，一边暗自琢磨，可以借用大楠本土编剧做本土文化的新闻点来为他的歌舞剧炒作一番。如果歌舞剧做得好,那都是瘦导演自己的功劳。如果做砸了,那也可以趁机把锅甩给大楠,毕竟他只是个外地人。

大楠的家庭条件并不好,高中毕业后,通过自己的努力考到了翠城市读大学。可是大学毕业后,一切都没有想象中的那么好。想要留在翠城市,还需要父母继续花钱,但留在翠城市又有多少赚钱的机会呢?大楠的心里也没底。

一次同学聚会,大楠的同学得知大楠心中的焦虑,于是开始给大楠介绍工作。然而初入社会的大楠才发现,这些工作十有八九都不靠谱。有的电影、电视剧剧本有模有样地写完了,但是不拍了,有的剧本写到一半资方撤资了,甚至有的剧本写完又拍完了,但就是不给结算编剧费。在翠城市快要撑不下去的大楠陷入了无限的纠结循环中。一方面是母亲打来电话希望大楠能回老家尽快成家,在老家找一份安稳的工作,另一方面是大楠希望自己还能够在翠城市里坚持一段时间。

正在纠结的时候,著名编剧亮亮老师通过大楠投递的简历找到了大楠。亮亮老师声称自己接了一个工作,制作方要在大楠的老家做一个大型史诗级沉浸式歌舞剧,这是一个非常适合大楠学习的机会,如果大楠愿意当他的徒弟并且出一笔学习的费用,他可以带着大楠一起参与,将来还可以在字幕里给大楠打上编剧助理的署名。大楠十分感恩亮亮老师,这件事对于大楠来说简直是雪中送炭。虽然这次没有钱可赚,但一旦拿到编剧助理的署名,将来一定会有更多的大项目找到大楠。其次,

这个项目还能让大楠在老家出名，这样一来自己的母亲一定会为他感到骄傲，或许就不会催着大楠回老家结婚、找工作了。大楠东拼西凑地把亮亮老师提的学费凑齐，好不容易争取到了这个机会，却没想到，迎来了更大的惊喜。

经过大楠认真刻苦的创作，瘦导演很快就拿到了《一切无关紧要的遇见》第一稿剧本。拿着第一稿剧本，瘦导演立即启动了选角活动的试戏阶段。西江县艺术学校校长鼎力相助，声称可以提供礼堂和教室供选角活动使用，被陈韬婉言回绝。陈韬告诉瘦导演，他们要提供优秀的毕业生来参加歌舞剧的演员选拔，咱们不能欠他们的，否则咱们会有压力。瘦导演十分认同。随后，陈韬帮助瘦导演借到了一所中学的教室来做选角活动的工作室。而赵嫆在西江县艺术学校的组织下，跟着大家一起来到瘦导演临时组建的工作室试戏。

来到现场的赵嫆在走廊里等待进屋面试，被同样在走廊里认真工作的大楠深深吸引了。总听闺蜜说心动的感觉，但是赵嫆却从来没有对哪个男孩心动过。听说赵嫆没有男朋友，闺蜜也给赵嫆介绍过一些男孩，虽然男孩们很优秀，也很高大帅气，可赵嫆就是找不到心动的感觉。

每一次见到闺蜜介绍的男孩，赵嫆还是愿意心怀善意地多了解对方，试探着寻找心动的感觉。然而只要赵嫆向对方提及自己还有一个弟弟，对方总是表现得很排斥。甚至有的男孩还告诉赵嫆有个弟弟简直太可怕了，姐姐肯定会变成"扶弟魔"。这让赵嫆很困惑，她在心里总是会嘀咕，难道自己的人生和幸福还能毁在弟弟手上？于是，赵嫆渐渐地对闺蜜介绍的男孩们失去了兴趣，慢慢也就不再愿意和这些男孩见面了。久而久之，赵嫆在闺蜜眼里也变得奇怪了起来，闺蜜也和赵嫆渐渐疏远。表面上，赵嫆在别人眼里是个很难接触的女孩，其实，是并没有一个人能真正走进赵嫆的心里。

遇见大楠，赵嫆的心里像是有一头小鹿在乱撞，完全已经没心思面试了。眼看就要轮到她进屋面试了，可她心里一点准备也没有。赵嫆只好不断地跟后面排队的同学换位置，从第十几名一直换到了四十多名。

此时，已经快到中午吃饭的时间，陈韬派来的工作人员示意瘦导演可以先暂停面试。工作人员向瘦导演表示中午安排了便饭，吃完饭再接着面试。瘦导演向窗外看了看，走廊里还有一半人没有面试，甚至还有三五个面试完的孩子没有离开。如果要暂停的话，就得管他们的午饭，可瘦导演似乎并没有提前安排好这部分的预算，就小声向工作人员询问面试的孩子们午饭怎么解决，工作人员让瘦导演放心，早已有安排。

工作人员带着瘦导演来到中学外的一辆面包车前，面包车里有一个塑料泡沫的箱子，里面装满了不知道是什么时候送来的盒饭，似乎都快凉了。瘦导演看到盒饭，松了口气，赶忙安排大楠去给排队等着面试的同学们发放盒饭，并且叮嘱大楠，一定要照顾好他们，大楠点头答应。

瘦导演离开之后，大楠来到走廊，向等着面试的同学们喊道："大家好，现在暂停面试，中午休息，下午继续。外面的

面包车上有为大家准备的午餐。大家可以自行领取和休息。"

大楠的话音刚落,同学们就纷纷冲向面包车,看起来像是饿了一上午,就等这一顿的感觉。然而此时大楠注意到,在走廊的角落里,有个一直低着头在看手里试戏台词的女孩,并没有和大家一起去抢盒饭。

"同学,那个……可以去吃饭了。"大楠走向赵熔,轻声说道。

赵熔一紧张,把手里的台词纸掉到了地上,抬头望向大楠。这是赵熔和大楠第一次对视。

大楠望着赵熔清澈的眼睛,突然愣住了,一时间不知道下一句该说什么,这是大楠第一次面对女孩子感觉到无法形容的紧张。

赵熔赶忙躲避了大楠的目光,低头去捡地上的台词纸。

"那个,感谢您,我等一会儿就去。"

赵熔显然也不知道该怎么接话,有点语无伦次,其实她确实是很饿,只是刚才觉得不好意思走过去拿盒饭。和大楠面对面,就低头悄悄看手里的台词纸,没想到还是引起了大楠的注意。

有些慌张的大楠也扭头看了一眼,外面面包车里的盒饭所剩无几了,以赵熔目前的速度,即便马上走到面包车前,也吃不上午饭了,更别说等一会儿。

"要不,我带你去吃点热的吧。"

"啊!呃……好啊。"

大楠也不知道从哪儿来的勇气,突然冒出一句要带赵熔去吃热饭的话,更奇妙的是,刚刚捡起台词纸的赵嫆,也莫名其妙地答应了大楠,这看起来就像是安排好的缘分和剧情。

大楠向赵嫆挥了挥手,让赵嫆跟着自己,向走廊的另一头走去。

"可是,大门不是在那边吗?"赵嫆对大楠带的路产生了疑惑。

"让他们看到咱俩就这么走出去,肯定不好,没准会有说闲话的,我带你从另一个门走。"

赵嫆毕竟是一个女孩儿,也是来面试的同学,被别人看到跟着剧组的工作人员大楠单独出去了,难免对赵嫆有一些不好的影响。大楠怕有人说闲话影响赵嫆下午的面试,于是想躲开大家。

大楠为赵嫆着想的举动让她有些感动,自然对大楠的好感又翻了一倍。

大楠带着赵嫆来到学校的后门。后门是两扇被一条铁链锁着的铁门,只要轻轻拉开铁门,就可以看到铁链下大概有个五十公分的缝隙,侧身便可通过。

通过铁门后,来到学校的背面,是一条十分僻静的小巷子。小巷子的对面是一个老旧的小区,看起来已经没什么人住那儿了。

"你怎么知道从这里能出去?咱们这是要去哪儿?"赵嫆显然对大楠的轻车熟路有些疑惑。

"我以前就是这个学校的学生。以前不懂事,上课的时候

瞎捣乱，故意惹老师生气，老师就会让我们去教室外面罚站。其实我们并不是想要罚站，是想去游戏厅玩。于是，趁着罚站的时间从学校的后门溜出去，再到对面的小区里。"

巷子里没什么人，偶尔有骑自行车的人路过。大楠一边讲一边拉着赵嫆的胳膊，从学校的那一边来到了老旧小区的这一边。

"这个小区里有游戏厅？"被大楠拉着胳膊的赵嫆显得有些不好意思，但心里却暖暖的。

"对，以前有，现在应该没有了。在这个小区的地下室里藏着，专门接待我们这些中学生。我们跑过来玩半小时，然后赶在下课前再跑回去，继续站在走廊里罚站，这样老师就发现不了了。"

大楠松开赵嫆的胳膊，推开老旧小区的大门，冲着赵嫆扬起了笑脸，做了一个"请"的手势。

赵嫆顺着大楠的手势，迈进了老旧小区内。

"那咱们现在是要去游戏厅？"赵嫆一直以为是要去吃饭，可大楠却介绍了半天游戏厅。

"不去游戏厅，去吃饭。"

大楠和赵嫆一起走进小区，带着她钻进一个单元门内。

"三楼有一家面馆，面特别好吃，一般人不知道这个地方，这家面馆其实以前也是为地下游戏厅的学生服务的。"大楠一边说一边往三楼走去，赵嫆乖乖跟在大楠的后面。

来到三楼，面馆果然还开着。大楠带着赵嫆走进面馆，给赵嫆要了一碗西红柿牛肉面。虽然面看起来很普通，但赵嫆却吃得特别香。这碗西红柿牛肉面，大概是赵嫆这辈子都难以再寻到的美味，不是别人做的不如这家，只是赵嫆的心境不一样了。

吃完面后，大楠看了看表，觉得瘦导演似乎该回来了，于是叫上赵嫆赶忙往回走。不料，他们刚刚从小区里出来，就看到瘦导演一行人从远处走来。大楠赶忙拉着赵嫆蹲在路边的汽车后面，躲了起来。瘦导演一行人渐渐走远，两人才赶忙起身向学校的后门跑去。

此时，在后面被拉着的赵嫆忽然觉得自己好幸福，像是回到了无忧无虑的童年，这一刻的赵嫆有种毫无压力感的开心。

瘦导演一行人走进教学楼后，大楠带着赵嫆从后门钻了进来，一路悄悄靠近教学楼。而此时的瘦导演正站在教室的窗前喝水，不小心看到了大楠和赵嫆。瘦导演假装没看见，赶忙转身离开窗边。大楠和赵嫆一路惊险地溜进了教学楼的走廊内。两人赶忙分开，各忙各的。赵嫆的心里充满了无法形容的开心，面试歌舞剧演出的事情，对自己而言似乎已经不那么重要了，而自己迫不及待地想要和大楠有更多的交往和相处。

赵嫆的小心思也被瘦导演看出来了。整整一下午，所有的同学都在认真面试，甚至有的人还紧张到发抖，只有赵嫆心不在焉。明明面试得一塌糊涂，她还很开心地离开了。瘦导演决定，录用赵嫆来出演这一次的史诗级大型沉浸式歌舞剧——《一切无关紧要的遇见》。

当所有来面试的选手和工作人员对此结果表示诧异的时候，

瘦导演对外解释道:"赵嫆的身上有一种清澈而简单的纯朴,并不是要把戏的内容记得多好就叫好,而是自身所散发出来的好,才是好,这样的好,丝毫没有任何表演的痕迹,甚至有种丝毫不加修饰的天然美。"

后来,这段话被西江县的当地媒体写成了:全县最具天然美的幸运女孩获得出演歌舞剧的资格。

其实,瘦导演的心里十分清楚,他看出了赵嫆对大楠的爱慕之情,也看出了大楠对赵嫆的喜爱之心。让赵嫆来演这个戏,再合适不过了。一来,赵嫆喜欢大楠,一定会认真、用心地演。大楠也会因为赵嫆而更加用心地修改剧本。这样一来,如果这个戏将来呈现得十分好,口碑爆棚,瘦导演就可以借机大肆宣传自己;二来,如果大楠和赵嫆因为谈恋爱而耽误了工作,这个戏没有弄好,瘦导演还可以甩锅给他们,也不影响自己的名誉。

几天后,歌舞剧开始正式排练,大楠和赵嫆也逐渐进入了热恋的阶段。赵嫆每天都会排练到很晚,大楠就在排练室里等赵嫆。晚上排练结束后,两人一起去吃赵嫆喜欢的炸土豆。周末休息的时候,大楠想约赵嫆去县里最有名的一家船上餐厅吃饭,可赵嫆已经答应了和弟弟赵鑫一起去逛街。面对选择,赵嫆感到十分纠结。大楠似乎看出了赵嫆的纠结,主动给赵鑫打电话,邀请赵鑫一起去船上餐厅就餐。赵鑫开心地告诉了姐姐,这让赵嫆对大楠的好感顿时倍增。

大楠喜欢给赵嫆讲他在翠城市上学时的所见所闻,赵嫆听了也越来越崇拜大楠。大楠也开始规划两个人的未来,大楠告诉赵嫆，这次的歌舞剧他一定要全力以赴，歌舞剧一旦成功，将来他一定会有更光明的前途，这样他就可以给赵嫆更好的生活了。赵嫆坚定地望着大楠，心里暖暖的。从小到大，似乎并没有一个人愿意给赵嫆规划人生或者有任何承诺，把她送到西江县艺术学校住校学习舞蹈，其实也只是因为父母没有精力管两个孩子。但赵嫆却不怪父母，她明白父母的不容易，她只是时常期盼，将来会有天使来爱自己。

大楠一边说着一边牵着赵嫆的手。赵嫆靠在大楠的肩膀上，她希望这样的感觉可以永远存在，永远不要失去。

在大家的共同努力下，歌舞剧《一切无关紧要的遇见》如期上演。陈韬带着他的朋友们前来观看。演出大获成功，陈韬的朋友们看得热泪盈眶，纷纷称赞。谢幕时，第一次享受到几百人在台下给自己鼓掌的赵嫆，没能控制住激动的心情，给了站在舞台角落里的大楠一个深情的拥抱。

这个拥抱被台下的记者抓拍到，并且被刊登在西江县的报纸上，标题配上了瘦导演接受采访时说的一句话："这不是一场表演，而是一次盛大的真情流露。"

瘦导演借此机会官宣了大楠和赵嫆两人的情侣关系，并且忽悠两人尽快结婚，然后把他们签下来，这个歌舞剧还会继续演下去。下一步就是去西山市演出，随后还要在全国做巡回演出，说不定还能走向世界，到国外演出。赵嫆也表示愿意嫁给大楠，并且过两天不忙了，就带大楠去见自己的父母，商量结婚的事情。大楠在一旁紧紧拉着赵嫆的手。

陈韬得到朋友们的称赞之后，心情十分愉悦，他想趁热打铁，把这份愉悦放大，放大到让全西山市的人都知道自己做了一件十分有情怀的事。于是，陈韬派人联系了西山市电视台，邀请西山市电视台的记者来西江县，给幕后主创以及主要演员们做一场深度的新闻访谈。这也是陈韬为接下来的西山市巡演做的预热准备。

西山市电视台的编导张老师接到了此次的访谈任务。听说是知名企业家陈韬投资的歌舞剧，张老师简单翻看了演员资料，发现主演赵熔竟然是自己大学同学的女儿。

张老师提前一天到达了西江县，马上联络了赵熔的父亲。两人多年未见，叙旧到深夜。

"这一百块钱你必须拿着。"张老师略显醉意，将一张崭新的一百元纸币推到赵熔父亲的面前。两人曾经是大学同学，但不同专业。大学军训的时候，因为男生和女生要分开训练，于是不同专业的两个人被分到了一起。

张老师当年还是个小胖墩，比较能吃，加上训练强度大，食堂的饭菜油水少，张老师吃完没多久就饿了。他想买零食，可是没有钱，就跟赵熔的父亲借了一百块钱。张老师十分感动地抱着赵熔的父亲，声称以后无论对方有任何困难，自己一定挺身而出，鼎力相助。

"别别，你这就太客气了，你来我们这儿，我应该尽地主之谊。我还拿你的钱，多不合适。"

赵熔的父亲又把一百元推了回去。其实当年张老师借钱的时候说过军训完就还钱,可军训完之后,不是同一专业的两个人再没有见过面。也不知道是张老师找不到赵嫆的父亲,还是张老师根本就没想找赵嫆的父亲。多年后,张老师突然看到赵嫆的资料,而且这还是西山市知名企业家陈韬投资的歌舞剧,了不得。于是,张老师觉得,这一百块必须要还回去,以此来增进和赵嫆父亲的友谊,说不定将来还能和陈韬攀上一点关系。

"什么叫你拿我的钱?这就是你的钱!是我拿了你的钱!"张老师一把将一百元纸币塞进了赵嫆父亲的手里,为防止赵嫆父亲把钱再塞回来,张老师紧紧攥着赵嫆父亲的手,眼含热泪,语重心长地说,"是我对不起你,兄弟。借了你的钱这么多年。以后,你女儿,就是我女儿,她来西山市演出,有什么需要帮忙的,尽管开口。"

赵嫆的父亲真真切切地被张老师的热泪打动了。自己的眼泪也一直在眼眶里转来转去。当然,赵嫆的父亲也许没那么激动,流泪可能只是因为喝多了酒的张老师手劲儿有点大。

"我现在就发愁她的婚事,演员这个工作也不稳定,要是能早点儿嫁人,或者嫁到西山市,我就放心了。"

赵嫆的父亲嘴上虽然说担心赵嫆,其实心里更担心的是赵鑫。眼前,儿子面临失业,又不上进,他看到姐姐渐渐变成了县里的名人,而自己的前途还是一片迷茫,总是跟父亲抱怨。在赵鑫的心里,似乎只有姐姐借着名人的优势,嫁个好人家,才能拯救他的前途。

"嫁我儿子啊!你看看,这太巧了。我儿子也单身,可厉害了，艺术家，自己开了个铜塑厂，搞铜雕艺术。你女儿不也是搞舞蹈艺术的吗，两人肯定聊得来。到时候连你女儿的工作和户口都可以帮忙解决了。"

张老师虽然有些醉意，但他很明白自己在说什么，这也是他提前一天来见赵嫆父亲的动机之一，没想到赵嫆的父亲先开了口。张老师的儿子张阳整天闷在家里，也不出门，也不跟朋友联系，只是一心一意地搞艺术。张阳的母亲去世早，自母亲去世后，张阳就像变了个人，婚姻问题也成了父亲最发愁的事。

"这……会不会有点突然……主要是赵嫆她还有个弟弟，他们姐弟俩从小到大没有分开过。"

张老师的主意似乎正巧说到了赵嫆父亲的心里，但赵嫆的父亲又觉得作为女方的家长，太快答应好像也不太合适。其实，赵嫆和赵鑫姐弟俩从小就没在一起多久，赵嫆的父亲特意强调赵鑫，其实是想探探张老师的想法。

"好说，弟弟也一起来不就得了，都安排到我儿子的厂里，两人也不分开。"

赵嫆的父亲没料到张老师十分豪爽地解决了自己的顾虑，一时间不知道该说什么了。

张老师一把搂住了赵嫆父亲的肩膀，继续说："你就别犹豫了，就这么定了！"

于是，就在赵嫆要跟父亲提大楠的时候，父亲先向赵嫆提出了要她辞掉歌舞剧的演员工作，带着弟弟去西山市嫁给张阳的想法。

"我不同意!"赵嫆心里有喜欢的人,一口回绝了父亲。

"你不同意也得同意!"赵嫆的父亲已经铁了心,肯定不会改变他的决定,毕竟在赵嫆父亲的心里,这是眼前对姐弟俩的前途和发展最好的办法。

"凭什么?我已经有男朋友了,而且很快就会结婚。他很优秀,而且我们都已经相处很久了,他也是西江县人,还是我们歌舞剧的编剧,认识很多西山市的名人。"

赵嫆急迫之下,没有办法,只好把大楠摆出来,希望能压过父亲心中的张阳。

"西江县的编剧?那有什么前途?他有钱吗?他能解决你的户口问题吗?认识很多西山市的名人就是西山市名人了吗?认识再多,他也是西江县人。他能解决你弟弟的工作和户口问题吗?"

虽然赵嫆的父亲是第一次听到"大楠"的名字,但"西江县"这三个字在赵嫆父亲心中似乎就等于没出息。

"我的婚姻和我弟弟的工作、户口有什么关系?"赵嫆十分不认可父亲的言论。

"我不想跟你争辩了。你如果不跟张阳结婚,就等于毁了这个家,毁了你弟弟的一生,你自己考虑吧。"

父亲说完以后就离开了,把无形的压力甩在了赵嫆的身上。赵嫆的心里觉得很委屈,哭了很久。母亲来安慰赵嫆,希望赵嫆能够听父亲的话,说父亲也是为赵嫆好,不希望赵嫆还得跟着别人吃苦,觉得赵嫆嫁个好人家能有更好的生活。此时,赵嫆一直沉浸在爱情的美好中，可没想到爱情在父母眼中却是一文不值的，似乎在他们眼中，婚姻之后的价值体现才是最重要的。

赵嫆连续消失了几天，一开始告诉大楠说自己在忙，后来干脆就不回复大楠的消息了。大楠觉得很奇怪，有一种不被在乎的感觉，于是，询问赵嫆到底发生了什么。赵嫆给大楠回了信息，提出了分手，并且告诉大楠，不是不在乎，只是自己一直在思考和挣扎。无论大楠怎么挽回，赵嫆都以性格不合为由回绝了大楠。善良的赵嫆并不愿意把自己的苦衷倾诉给大楠，而是想尽可能将这份感情结束得不那么难堪。

第二天，赵嫆狠下心来，把大楠拉入了黑名单。赵嫆也不清楚自己这样做是否合适，她只是觉得自己并没有其他更好的办法去面对大楠。

和大楠分手后，赵嫆辞掉了歌舞剧演员的工作，带着弟弟赵鑫来到了西山市，后来和张阳见了几面，彼此印象也过得去，很快就结了婚。张老师也没有食言，不但帮助赵嫆和赵鑫解决了户口问题，还解决了两人的工作问题。

赵嫆离开后，大楠因为伤心过度，也离开了歌舞剧的剧组。在离开剧组后，大楠特意为赵嫆写了一首歌。因为联系不到赵嫆，他只好联系到西山市广播电台，把自己的故事告诉了电台的主播，并且希望主播能够帮忙把这首歌在电台播一次。没想到，备受感动的主播将大楠的这首歌在电台连续播了三个月。

在那三个月里，西山市的出租车司机基本都会哼唱这首歌，也成功覆盖到了坐出租车的赵嫆。可能别人听见并没有什么感觉,只有听到歌词的赵嵘,难掩自己失控的情绪。

歌舞剧后来换了演员,但失去了主心骨,就像失去了灵魂。新的演员也不如赵嵘演得投入。演了几轮后,一直处于赔钱状态。陈韬和瘦导演商量了之后,决定解散剧组。

赵嵘在张阳的铜塑厂里感觉很别扭,一来她和厂里的人没有什么可交流的话题,二来张阳也根本不理她。反倒是赵鑫每天过得很悠闲自在,除了打游戏什么也不做。赵嵘决定换一份工作,离开铜塑厂,或许也能换一换心情。然而,赵嵘在西山市基本上没有熟人,再加上自己西江县艺术学校的学历,想要靠自己找到一份不错的工作,机会十分渺茫。在这时候,赵嵘突然想起了自己曾经出演过的歌舞剧的老板,西山市的知名企业家陈韬。

于是,赵嵘抱着试试看的想法,联系了陈韬。没想到,在陈韬的帮助下,赵嵘进了陈韬的公司做了他的助理。陈韬对赵嵘照顾有加,毕竟她曾经也是自己的员工,并且还为自己投资的歌舞剧取得过不错的口碑。而赵嵘也觉得陈韬简直就像是自己的亲人,总喜欢把憋在心里的苦衷跟陈韬倾诉。得知赵嵘的家庭状况后,陈韬也特意为赵嵘安排了公司的宿舍,给了她一个更自由、更安静,且不用面对她老公的独立生活环境。

有了宿舍之后,赵嵘基本上就不怎么回家了,除了给弟弟打电话,跟张阳也没什么联系。而张阳似乎都没有注意过赵嵘很少回家的情况,也并没有给赵嵘打过电话。时间久了,两个人似乎都习惯了这种各过各的生活状态。

五月十三日，陈韬的儿子突然遭到绑架，全公司度过了最惊心动魄的一天。

五月十四日，公司乱成了一锅粥，陈韬把所有的工作任务扔给了赵嫆。忙于接打电话的赵嫆，透过玻璃墙看到刑侦支队队长闫京和自己的老板陈韬在办公室里不知道谈论着什么。陈韬似乎一副不愿意配合调查的表情。警员邓德翔向赵嫆索要司机唐川的资料，赵嫆声称，唐川在被开除之后，资料就都被老板陈韬删除和销毁了。

五月十五日，赵嫆在公司忙得不可开交，公司出事的这几天她也没有顾上给弟弟赵鑫打电话。

五月十六日，赵嫆突然接到了老公张阳的电话。

张阳显得有些焦急，在电话里冲赵嫆喊道："你在哪儿呢？什么时候回家？"

赵嫆被张阳突如其来的电话问得一头雾水，因为张阳从来不会关心赵嫆回不回家。

3

五月十六日傍晚，赵嫆开着公司的黑色新能源商务车，在接送完陈韬的女儿陈嫒后，赶忙往家的方向开去。

赵嫆刚刚嫁到张阳家的时候，还不会开车。张阳有一辆小红车，里面总是堆放着很多张阳平时的衣物。用张阳的话说，就是穿的时候方便。去工作要换什么衣服，随时在车里找，去见朋友要换什么衣服，也可以随时在车里找。赵嫆好几次都想把车里的衣服洗了，可张阳却再三叮嘱，不要动他的衣服。渐渐地，赵嫆也不愿意再碰张阳的车了。

赵嫆进了陈韬的公司后，陈韬特意给赵嫆报了驾校，让她考了驾照。随后把一辆黑色新能源商务车的钥匙放在了赵嫆的办公桌上，让赵嫆以备不时之需。

赵嫆把车停在小区的地下车库里，准备回家。突然电话响了起来，屏幕上显示：老公。赵嫆按下了接听键。

"到哪儿了？"张阳的语气依旧听起来很焦急。这是赵嫆从来没有碰到过的情况。往常张阳从来不催促赵嫆，在赵嫆的印象里，张阳一直都是性格不急不躁的艺术家，似乎张阳的心思一直都在他的那些艺术品上，从来没把心思放在赵嫆身上。

"我在咱家楼下，刚停好车。"赵嫆一边打着电话，一边把车停进了车位。

"你去哪儿了？这么长时间。"张阳显然有些烦躁。

"我不是跟你说了，我得先去接老板的女儿。"

"行吧，赶快回来吧。"张阳说完之后，没等赵嫆回答就挂掉了电话。

赵嫆到家时，房门虚掩着，走进家里，张阳正站在家门口等着她。

"房本和营业执照呢？"张阳看到赵嫆，直奔主题。

"你要房本和营业执照干什么？"

赵嫆对有些失常的张阳感到很惶恐，这是她从来没有见过的张阳。赵嫆向张阳的身后瞟了一眼。客厅的沙发上坐着一个

胖胖的中年男人。中年男人的身后站着三个二十多岁的男孩，他们露着布满文身的臂膀，其中一个男孩的额头上还文了一只眼睛。也不知道是真文的，还是自己画的。

赵嫆本想随手关上门，但觉得眼前的陌生人看起来有些不友善，赶忙一个反手，挡住了就要关上的门。

"没事，开着吧，我们也不会干什么坏事。咱们也没什么好藏着掖着的，刚好把事情跟你们都交代明白。"胖胖的中年男人开了口，虽然听起来很客气，但语气中没有任何可商量的余地，好像他来这里就是交代任务，对方必须完成一样。

"好啊，我也是刚接到我老公的电话，不知道这是什么情况。"赵嫆故作镇定，手松开了门，往客厅的沙发前走去。

"你别管那么多，你把房本和营业执照给我就行。"张阳拦住了赵嫆。

"到底是怎么回事？"赵嫆觉得，不是不能给，只是眼前的情况看起来似乎有些复杂。

这时，沙发上胖胖的中年男人站了起来，向赵嫆走了过来。

"你好，我叫大虫，你叫我大虫哥就行。"

胖胖的中年男人伸手想要跟赵嫆握手，但赵嫆没有理会。胖胖的中年男人略显尴尬，只好把手收了回去，故作镇定地拍了拍张阳的肩膀。

"你老公说你管事，非要回家来找你，我就只好跟了过来。首先说明，我这可不是私闯民宅，你们的这个房子已经归我了。"

大虫哥把一份合同递给了赵嫆。

"房子归你了是什么意思？"

赵嵂拿起合同翻看了一下，合同中写着铜塑厂和住房都做了抵押，并且通过抵押，借走了两百万。合同的最后一页上有张阳的签名和手印。

"你借了钱？"赵嵂扭头问张阳。

"你别管那么多，你先给他，我会赎回来的。"

张阳似乎不愿意承认他借了钱，他觉得这只是暂时的抵押，以后还可以拿回来。

大虫哥从赵嵂的手中拿回了合同。

"你老公跟别人玩牌，从我这儿借了钱。我可是有正规合同的，如果不给我房本和营业执照的话，我就只能去法院寻求帮助了。"

大虫哥一边说一边把合同递给了身后的男孩，男孩将合同装到了信封里。

"别别，去法院不至于。"从小就怕麻烦的张阳，并不想把事情弄得太复杂。

"好啊，去法院就去法院，赌博和放高利贷可都是违法的。"

赵嵂听到"去法院"就顺着说了下去，就眼前的情况看，赵嵂觉得张阳一定是被骗了。

"哈哈，你可是想好了，去法院吃亏的是你们。是你老公跟我借了钱，合同里也清清楚楚地写着，借钱用途是生活所需。你们俩是夫妻，这个债务可是你们夫妻共担的。另外，我的利息并不高，民间借贷法律都允许的年利率14.2%的利息。"

大虫哥俨然一副胸有成竹的样子，作为一个常年靠放贷生活的人，依靠法律的保护，也是他的技巧之一。合同中的任何一个字都早已被他梳理得十分严谨，绝不会让对方抓住一丁点儿不合理的地方。

"你带着这么多人，属于暴力催债吧？"

虽然事情来得有些突然，让赵嫆不知所措，但赵嫆还是想找点理由，先把大虫哥支走，好给自己和老公一个交流的时间。

大虫哥看向后面的三个年轻人："你们先出去等我吧，我马上就出去。"

三个年轻人匆匆离开了张阳的家。他们与赵嫆擦肩而过时，赵嫆特意往后退了一步。

大虫哥走到赵嫆面前，又接着说道："他们三个就是我雇来站场的，你不用害怕，我一会儿还得给他们每人一百块钱的辛苦费。他们可不是什么黑社会，你可别觉得我是暴力催债什么的。是我被拿走了钱，所以拿着合同来收房子，你们主家万一不给我房，还打我一顿怎么办？我可是弱势群体，所以肯定得雇三个人保护一下。你多谅解啊。"

"行，你让我考虑一下，我还得搬家，就是法院来收房子也得给个搬家的时间吧？"赵嫆用尽了办法，向大虫哥争取更多的时间。

"好啊，我给你们三天的时间，铜塑厂可不能搬空啊，合同里写了，抵押的就是厂里所有的设备。今天是十六号，已经挺晚了。从明天开始算吧，五月二十号上午我来找你，到时候房本和营业执照就得都交给我了。如果你想用其他办法解决，我都奉陪。反正我是弱势群体,我也有合同,合理合法。"

说完之后,大虫哥就离开了张阳的家。

"您慢走啊,实在不好意思,让您白跑了一趟。"张阳把大虫哥送了出去,跟在大虫哥身后的张阳还觉得有些对不住大虫哥。

大虫哥停下脚步,回头望向张阳,说道:"这可不是一锤子买卖,有亏就有赚。"

张阳向大虫哥做了一个 OK 的手势,表示自己明白大虫哥话里的意思。大虫哥也满意地离开了张阳家。

寂静的客厅里,只留下了张阳和赵嫆两个人。

"你为什么不给他?"张阳觉得是自己叫来的大虫哥,又让大虫哥白跑了一趟,很没面子。

"你为什么去赌博?"赵嫆完全不能理解一个都不爱出门的人,居然学会了赌博。

"这可不是赌博,我们就玩玩牌。有朋友介绍我认识了大虫哥和几个富二代。据说他们每天闲得没事干,就喜欢跟别人玩牌,一天输个几百万都不在乎。我心想认识认识也没坏处,没准我还能赢点钱,所以就去了。"

赵嫆和张阳平时交流不多,每次张阳都喜欢狡辩,嘴里还没实话。这也是赵嫆不喜欢和张阳交流的原因之一。张阳看起来似乎并不是很尊重赵嫆。

"所以你不但没赢到钱,还输了房子和铜塑厂?"

赵嫆把明摆着的事实又重复了一遍,其实她心里只是想知

道接下来张阳想怎么办。

"大虫哥说了,这都是正常的,毕竟我也没怎么玩过牌,不熟练。也算是交学费了。大虫哥说下次再玩,他们说不定就会输给我了。所以,输掉只是暂时的,只要再找一笔钱,这一切都能赢回来。大虫哥还说,风水轮流转。"

张阳似乎并不担心眼前所失去的一切,反而对接下来的牌局充满了信心,而此时,张阳只想用尽一切办法,再弄到一笔钱,好让他很有面子地重返富二代的牌局。

"再找一笔钱?去哪儿找?"赵嫆对张阳的回答感到震惊。

"你们老板不是有钱吗?你找他借点,赶紧给他打个电话。还有那个房本和营业执照,尽快给大虫哥,别让人家觉得我输不起一样。"

在张阳的心里,似乎他和赵嫆之间并没有什么爱可言,甚至赵嫆对他来说就是个可以随便使唤的朋友。

"张阳,我从西江县大老远的嫁到你们家,不但没要彩礼,连装修房子的钱都是我掏的。现在你把房子输掉了,又让我去帮你借钱,你有没有替我着想过?张阳,你有没有把我当成你的妻子、你的家人?"

因为得不到老公的关爱,赵嫆时常被公司的人在背后议论。有的人甚至猜测赵嫆可能悄悄离婚了,还有的人猜测赵嫆的老公有小三了。为了挽回面子,赵嫆经常会假装和老公通电话,拿着一个没有拨打任何号码的电话在大家面前表演一下。表演得多了,赵嫆心里的委屈就积压得越多。在这一瞬间,似乎都爆发了出来。突然赵嫆戛然而止,她觉得说得再多似乎也没什么意义了。这么多年张阳都不在乎她,也不可能在这一瞬间突然变得很在乎她。人和人的思维本不相通,懂的人自然懂,不懂的人是肯定无法被说服的。想着想着,赵嫆的眼泪渐渐湿润了眼眶。

张阳听完之后,十分愤怒地打了赵嫆一巴掌。

"我没有把你当成我的家人?你从我们家得到了多少?那点装修费能干吗?户口不是我给你办的?房子不是我给你住的?工作不是我给你安排的?是你自己不干,你自己要去找那个什么有钱的老板。哎哟,他还号称是你的朋友,了不得,谁知道你们俩是什么关系,有没有做什么对不起我的事。我让你去借点钱怎么了?他不是爱帮你吗?帮到底啊,要不干脆给我一笔钱,娶走你得了。"

赵嫆听得十分气愤,举起手要打张阳,却被张阳一把抓住,拦了下来。

"你放开我!"赵嫆冲张阳怒吼了一声,张阳松开了赵嫆。

"张阳,我要跟你离婚!"

这是赵嫆第一次跟张阳提离婚。曾经,赵嫆觉得无论如何自己都可以忍,毕竟不能让父亲伤心。但这一个耳光和对赵嫆的侮辱,已然触碰了赵嫆的忍耐底线。

"离婚?不可能,想在我最难的时候把我甩了,去和有钱的老板过富贵的生活?逗我玩呢?再说了,我不娶你,你能有机会来西山市给那位有钱的老板打工吗?这个机会还不是我给你的？你得感恩我。"张阳接着说，"明天找人把所有东西搬到我爸的老房子里去，我知道他给你留了钥匙。搬完了赶紧把房本给大虫哥，别给我找麻烦。不借钱也没关系，反正我知道你们老板给你买过一份人身意外保险，你看着办吧。"

听到"人身意外保险"，赵熔的心里咯噔一下。

张阳说完之后，转身离开了家，只留下了赵熔一个人。

张阳的父亲从小就是个自私又不靠谱的人，不然也不能借了赵熔父亲的钱一直不还。除了自私，就是嘴里没实话，除了吹牛，什么也不会。也是因此，张阳的母亲伤透了心，早早便离婚改嫁了。

张阳一直跟着父亲长大，性格孤僻的张阳也渐渐让父亲觉得很是麻烦。终于把张阳的婚事解决后，张阳的父亲办了退休手续，和自己跳广场舞时认识的老相好去过二人世界了。走之前，张阳的父亲特意留给赵熔一封信，声称里面有一个老房子的钥匙和地址，放在赵熔这里他放心。

除了老房子的钥匙和地址，张阳的父亲还特意给赵熔留了一个自己的电话号码。此时，赵熔再次拨打这个电话的时候，电话的另一头却传来停机的声音。

五月十七日，一夜没睡的赵熔拿着老房子的钥匙和地址，找到了这间位于五一街四十五号、西山市电视台给张阳父亲分配的宿舍。

赵熔打电话叫了搬家公司，把所有的东西打了包，开始从商品房小区往西山市电视台的宿舍搬家。

没有帮助赵熔搬家的张阳一直守在老房子附近盯着搬家的赵熔，也在伺机寻找利用赵熔的那份人身意外保险骗保要钱的方法。与此同时，富二代们也在给张阳发信息，让他尽快去参加新的牌局。

赵熔把张阳的车和公司的车都开到了老房子附近。每天下午搬完家，她都会开公司的车去接陈韬的女儿，晚上再开张阳的车回商品房那边收拾东西，因此公司的车基本上都停在老房子附近。

晚上，赵熔回到家的时候，发现张阳竟然坐在客厅里。

"钱借到了吗？"张阳直奔主题，因为不愿意丢面子的张阳急于想找那帮富二代接着玩牌。

"借钱是不可能的，你就死了这条心吧。不是你爸还有套老房子吗？要不你去找找你爸，看他能不能把老房子的房本给你，让你接着去赌。"

赵熔转身往里屋走，一边走一边和张阳说话。张阳突然从兜里掏出了一根绳子，从赵熔的身后勒住了赵熔的脖子。

赵熔一时呼吸困难，说不出话来。

"告诉你多少遍了，不是赌，不是赌。"

张阳冲赵熔怒吼着，情绪十分亢奋，显然是赵熔所说的"赌"瞬间点燃了张阳的怒火。

"杀了你之后，伪装成上吊，我就可以骗保了。"

张阳的脸上露出了邪恶的笑容，似乎一夜之间输光一切的经历扭曲了张阳的心灵。

赵熔用尽全身的力气,将脖子上的绳子拽开了不到一厘米的缝隙,深深地吸了一大口气。张阳发现赵熔拽开的缝隙,又加大了手中的力度,缝隙很快就没有了。赵熔屏气凝神,用力踢踹身边所有可以发出声响的物体。

赵熔的努力没有白费,很快引起了邻居的注意。邻居前来敲门,导致张阳不得不放弃勒死赵熔以骗保的计划。

赵熔以收拾家务引发了声响为由,打发走了邻居。邻居走后,赵熔声称要报警,张阳只好慌忙地离开了家。

赵熔反锁了门窗,蜷缩在洗手间的角落里,一夜都没有入眠。

五月十八日,在五一咖啡馆里坐着的张阳,刚好能透过玻璃窗看到忙于搬家的赵熔。张阳用手机把所有关于骗保的案件都搜索了个遍。新闻中,一个双胞胎弟弟出车祸,哥哥趁机骗保的案件,引起了张阳的注意。张阳在纸上写了又划掉,划掉又接着写,琢磨着如何让赵熔出车祸,自己骗保之后还能逃之夭夭的方法。

突然,手机中跳出的另一条新闻引起了张阳的注意。

新闻中说五月十三日西山市知名企业家陈韬的儿子遭到绑架并被撕票,西山警方正在全力缉拿绑匪。新闻中使用的配图是警方提供的高速公路的监控画面。画面中绑匪戴着面具的样子清晰可见。

咖啡馆的窗外传来了两声汽车按喇叭的声音,张阳抬头看到去接陈媛的赵熔开着新能源商务车离开了老房子。张阳突然有了一个新的想法——模仿绑匪,绑走陈韬的女儿,从陈韬的手里骗走两百万。张阳觉得只要自己模仿得够像,将来一定可以把这件事栽赃到真正的绑匪身上。

张阳悄悄跟踪赵嵹,记录下了赵嵹接陈媛的路线,以及路线中所有监控的位置。深夜,张阳在网上购买了和新闻中绑匪相似的面具和衣服,并加急了快递。算好了赵嵹接陈媛的时间,张阳特意给大虫哥打了电话,用请求的语气和大虫哥重新约定了时间,让大虫哥通知赵嵹五月二十日下午见面交接。

五月二十日的上午,张阳收到了加急寄来的快递。精心准备之后,张阳来到老房子的附近,趁赵嵹招呼搬家工人吃饭的间隙,偷走了赵嵹那辆黑色新能源商务车的钥匙。在赵嵹离开老房子去见大虫哥的时候,张阳驾驶着新能源商务车,向陈媛上车的地点开去。

"什么?张阳让你改的时间?"赵嵹听到大虫哥的话,感到十分震惊。

"对啊,他还求了我半天,我心想也不在乎晚几个小时的,就答应他了。"

大虫哥把全部的实情告诉了赵嵹,这原本是张阳希望大虫哥能保密的内容,但大虫哥毕竟是个老江湖,他哪知道张阳是不是有什么不好的主意,所以特意想从赵嵹的嘴里探探话。

"他还说了什么?"赵嵹觉得这个时间很奇怪,和自己要去接陈媛的时间挨得很近。赵嵹一边询问大虫哥,一边低头翻找自己包里的车钥匙。

107

"其他倒是没说什么。哦，对了，还让我保密，也不知道藏着什么秘密。"

大虫哥特意用了"秘密"二字，就是在暗示对方隐瞒了一些事，然而他并不知道，其实赵熔也不知道这个秘密是什么。

"坏了！"找不到车钥匙的赵熔突然有一种不祥的预感，再加上她对张阳的了解和大虫哥所谓的"秘密"，她似乎已经猜到张阳为什么要这么做了。

赵熔赶忙离开了家，驾车向陈媛平时上车的地点开去。

果然，一切如赵熔所料。当赵熔距离陈媛还有几百米的时候，眼看着陈媛上了张阳驾驶的那辆黑色新能源商务车。黑色的新能源商务车很快驶离，赵熔赶忙跟了上去。

赵熔的车一路跟着张阳，赵熔觉得张阳像是在往铜塑厂的方向开去。突然一处红灯将赵熔的车拦住。张阳在变红灯前三秒钟顺利通过，扬长而去。几分钟后，红灯变回了绿灯，跟丢了的赵熔只好自己开向了铜塑厂。

当赵熔赶到铜塑厂门口的时候，透过车窗，看到陈媛从老远跑了过来。陈媛的腿上隐约可以看到一些血迹，脸上充满了惊恐的表情……

4

"你说你没有进去？"闫京对赵熔的话表示怀疑。

"对，陈媛上车之后，我们就匆忙离开了。"

赵熔坐在闫京和邓德翔的对面，把自己看到的情况都告诉了闫京。

闫京从沙发上站了起来,走到窗边,低头思考着什么。赵媰虽然显得有些慌张,但对于闫京的询问,她回答得特别快,就像提前都想好了怎么回答一样。

闫京转头看向赵媰:"陈媛受伤了?所以你把她送到了医院?"

闫京对赵媰的回答疑惑重重,总觉得赵媰所叙述的内容逻辑有很大的问题。

"对,在市二院。"赵媰对于陈媛是否在医院的问题给出了肯定的答复。闫京还没有问她在哪家医院,赵媰就把具体的地点告诉了闫京。

"你带着陈媛跑的时候,有没有想过张阳会追来灭口?他毕竟也是拿绳子勒过你的人。"

闫京问完之后再次回到沙发上,冲邓德翔使了个眼色。邓德翔拿出电话,给佟琳发了信息,让佟琳调查一下陈媛是否在市二院。

"他勒我就是吓唬我,让我去找陈韬借钱。他带走陈媛,也是想跟陈韬要钱,他没有必要灭口。"

赵媰回答闫京的时候,特意躲避了闫京的眼神。

"所以,你认为是你和陈媛离开之后,陈韬和张阳发生了争执,结果张阳意外死亡?"

闫京顺着赵媰的思路,给出了一个结论。

"我不知道,我只知道张阳把陈媛带到了铜塑厂,我带走了跑出来求助的陈媛,里面发生了什么我也没有看到。"

赵熔虽然说了"不知道",但紧接着又特意提到了张阳的名字。这句话看似没什么特别之处,只是简单的叙述,其实是赵熔又一次向闫京强调了死者是张阳。

闫京把视频截图和汽车的维修报告摆在了赵熔面前。赵熔看到后,看似从容的表情中透露出了一丝惶恐。

"为什么去修车?"

本来闫京对赵熔修车这件事感到很疑惑,在听完赵熔讲述自己差点被张阳勒死的情况后,闫京忽然反应过来修车的原因,但更想从赵熔的口中得到更确切的答案。

"修车?因为车坏了。"

赵熔看到闫京摆出的截图和汽车的维修报告,心里咯噔一下。修车的事赵熔并没有讲,她觉得闫京应该不知道,但没想到闫京居然有证据。闫京的问题来得有点突然,赵熔的表情显得有些慌张。

闫京看了看赵熔,感觉自己的猜测基本上在真相的边缘了。闫京起身拿起那份放在纸箱上方的人身意外保险的保单。

"这就是你说的那份保险吧?不会和修车有关系吧?"

闫京的话里有话,让赵熔一时有点不知道该如何接话。

"我不知道你在说什么,就是车坏了而已。那辆车买了很多年了,你可以去查。"

赵熔显然是想绕开这个话题。

"你知道警察肯定会来找你,所以你把事情的经过全都想好了,就等着警察来,讲给警察听。讲述的过程中你都表现得十分从容、冷静,这份冷静似乎有些异常。直到我提到修车的事情,你突然变得很慌张。因为修车的内容是你隐瞒了,没有告诉我的部分。"

闫京似乎已经从赵嫆的眼神和表情中看穿了她的所有心思。闫京把保险单也摆在了赵嫆的面前,接着说:"这份意外保险,你一直摆在显眼的位置,想让它引起我们的注意,这应该在你的计划之内。你告诉了我们张阳要勒死你,然后被邻居打断,声称和这份意外保险有关。现在又声称张阳是吓唬你,显然是想告诉我们,张阳没有对你下狠手,你也就不具备杀害张阳的动机。"

"我杀害张阳?证据呢?就凭修车的事?"

赵嫆的声音有些颤动,似乎心里没底,但是又不想承认。此时,闫京发现赵嫆听到"杀害张阳"四个字情绪十分激动,显然这四个字戳到了赵嫆内心的隐痛。

"修车的事你没有说,张阳在你的车上动了手脚,这是要置你于死地的事情,这件事足以构成你杀害张阳的动机。"

虽然闫京所说的一切只是他的推断,但他似乎已经从赵嫆的眼神中得到了他想要的答案。

闫京把视频截图、汽车的维修报告并排摆放在意外保险旁边,接着说:"你老公张阳的铜塑厂欠了债,他急需要钱。想用绳子勒死你,但没成功,他便在车上动了手脚,不料被你发现了,你才去修的车。但你没想到,两次害你不成的张阳,转头开着你和你弟弟平时开的那辆黑色的新能源商务车接走了陈媛。"

闫京把接走陈嫒的视频截图特意挪到了离赵熔最近的位置。

"案发当天,陈嫒上车离开后,你驾驶着另外一辆红色汽车也经过了陈嫒上车的地点。你追上去的原因,一定是你担心陈嫒有危险。但你没想到,你老公张阳其实已经精心策划好了,他躲开了所有能拍到他脸部的监控,包括离案发现场不远处的那个小卖部门口的监控。"

闫京紧接着把小卖部门口监控拍到的画面拿到最上面。

"而你并不知道小卖部门口有监控。在你驾车经过之后很长一段时间,陈韬的车才经过这里。返回的时候,这辆新能源商务车先出现了,然后才是你的车。这两辆车的司机,如果不是你和陈嫒,那肯定还有第三个未知的人,或许是你弟弟吧?而张阳,应该在陈韬去之前就遇害了,很可能是你为了保护陈嫒,和张阳发生了冲突,而你弟弟应该就是帮凶,不然陈韬不会那么袒护你。"

闫京说完之后,坚定地望着赵熔,而赵熔却不敢抬头看闫京的眼睛。

"陈韬说了什么?"

赵熔想知道闫京所谓的"袒护"到底是怎样的袒护。

"陈韬什么都没说。他只是跟我们说了整个案发经过。在他的供述里,你并没有出现在铜塑厂,而且他肯定知道你老公是张阳,但为什么要让我们认为死者是唐川?虽然我不知道有没有其他原因,但原因之一一定是想引开我们对你的注意。他的一切所言,似乎都是在替你挡罪。"

赵嫆的手攥得很紧，中指和食指一直在抠大拇指的指甲。

闫京接着说："当我刚才要离开你家，提到死者是唐川的时候，你才慌了神。因为你必须要让大家知道，死者不是唐川，而是张阳。这样，你才能彻底摆脱张阳的阴影。只要张阳死了，你就能代替张阳，办理所有的手续，把房子和铜塑厂彻底变成别人的，也不会再有人找你要钱了。"

闫京对自己此时的推断充满了自信。

"对，你说的都对，但我弟弟不是帮凶，这件事和他无关。他是帮忙接送过陈嫒，但整个事件和他无关，都是我一个人做的。"

赵嫆抬起头望着闫京，鼓起勇气说出了这番话，但眼神一直飘忽不定。"和他无关"说了两次，似乎是特意向闫京强调这四个字。

"你弟弟现在在哪儿？"闫京望着赵嫆，追问道。

赵嫆并没有马上回答，嘴唇似乎在发抖。这时，闫京的手机响了起来，他掏出手机，看到了佟琳的名字，连忙接起了电话。

"喂？"

"闫队，找到陈嫒了，她确实在市二院。"

"这么快？"

"对，她打了报警电话，说凶手是她，不是她爸。"

"什么？"

此时的闫京并没有任何证据能证明真正的凶手是谁，无论是陈韬还是赵嫆，都没有丝毫担心过陈嫒的安危，闫京感觉陈

113

媛的身上一定有新的突破口。但令闫京怎么也没想到的是，陈媛竟然会主动投案自首。

[第四章]

企业家的女儿・真相?

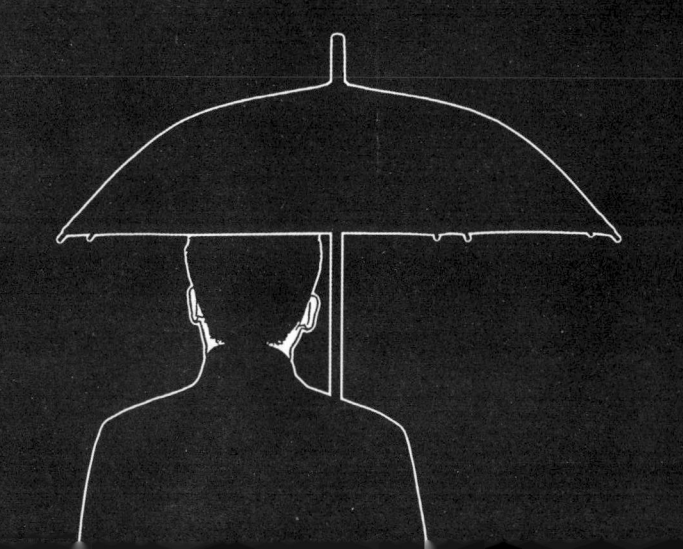

1

陈嫒出生在西江县,很小的时候就被父母带到了西山市。由于父母忙于生意,对陈嫒的关心并不多。父亲陈韬更是把所有的积蓄都砸在了自助售货小卖部上,所以陈嫒从小也没得到过什么玩具或者好看的衣服。陈嫒感觉,在父母眼中,只要她能吃、能喝、能睡觉、能学习,就足够了,其他的一概不重要。

年纪尚小的陈嫒虽然没有太多的想法,但有时候看到同学有漫画书看,有新奇的玩具玩,她还是会有些羡慕。母亲觉得对不住陈嫒,省吃俭用,隔一段时间就会送给陈嫒一个小礼物,也算是一份小惊喜。母亲总是告诉陈嫒,三个人来异地他乡创业不容易,希望陈嫒能够懂得珍惜,能够理解和支持父亲。陈嫒也默默点头,在她的心里,母亲如此善良,如此深爱着父亲,爱到可以答应父亲的一切要求。

陈韬对妻子的欺骗是陈嫒所不能理解的事情。在陈嫒看来,自己的父亲就像是一个生意成功的商人,傍上了大款,一脚踢开了母亲。陈嫒很想跟母亲一起离开父亲,即便母亲分文没有,陈嫒也不在乎。只是母亲安慰了陈嫒,她希望自己的女儿留在父亲的身边，虽然眼下看起来感觉会有很多让陈媛心里不舒服的地方，但是母亲坚信，只要陈媛跟着父亲，一定会有更好的前途。

那段时间里，无处释放悲伤情绪的陈媛，喜欢在网络论坛上分享自己的一些心事，也结识了很多安慰她的陌生网友，但大多数网友只是随便安慰一两句就再也不来了。只有一个网名叫"唧唧歪歪"的网友时常会引起陈媛的注意。"唧唧歪歪"总会很详细地分析陈媛分享的心事中所涉及的顾虑，然后再围绕这些顾虑提出顾虑形成原因的可能性，从而找到从多方面来解决顾虑的办法，十分用心。就像他的网名一样，他总是长篇大论，啰啰唆唆，但就是这样的啰唆却打动了陈媛。

在陈媛的心里，他不但不像唠叨的大妈，反倒像嘴巴闲不住的可爱小朋友。两人未曾谋面，但几乎是无话不说。陈媛似乎从一个陌生网友的身上寻找到了久违的安全感。这份安全感也一直牵动着陈媛的心，陈媛无时无刻不想要与他见面，和他成为现实生活中的好朋友。

高考前夕，陈媛陷入了父亲陈韬和二婚妻子小丹的风波中。小丹的父亲一气之下收回了对陈韬公司的投资。好在陈韬开超级市场时是和小丹签过合同的，陈韬分走了40%的股份。

这40%的股份在陈媛看来是父亲最后的救命稻草。她不能确定父亲还能不能翻身，她也不能确定还需要等多少年，才能获得母亲所谓的"更好的前途"，她甚至有些不太愿意再继续支持和相信自己的父亲。于是，陈媛向陈韬提出了一个要求，陈媛想去翠城市的翠城大学中文系读书，并且需要一笔钱。陈

媛向陈韬提出的费用并不是一个小数目,陈韬很奇怪女儿为什么会要这么多钱。陈媛声称,在上学的这几年都不打算回家。听了女儿的想法,陈韬决定考虑几天再给出答复。父亲陈韬并不知道,陈媛想去翠城市还有另外一个目的——和网友"唧唧歪歪"见面。

陈韬思索了一夜,一方面他很担心女儿在新的城市能否适应,另一方面他也担心如果不让女儿走,小丹的父亲会对陈媛做什么不好的事情。思前想后,他觉得暂时送走女儿或许是最好的选择。女儿离开西山市,自己也能减少一分担心,毕竟女儿只是去读书。而小丹的父亲也肯定不会对小丹的儿子做什么坏事。

陈韬答应了陈媛,并且给了陈媛一笔钱。这笔钱足够陈媛很奢侈地在翠城市生活和读完四年大学。

随着开学临近,陈媛带着父亲给的钱踏上了开往翠城市的列车,也在论坛里给"唧唧歪歪"留了私信,声称自己要去翠城市上学,想跟"唧唧歪歪"见面。而这次见面,对陈媛来说,绝不是简单的网友见面,蕴含了更深一层的意义,似乎也牵动着她的命运。

原来,在陈媛等待父亲答应自己要去翠城市读书的提议的那段时间里,"唧唧歪歪"突然消失了。无论陈媛在论坛中怎样给他留言、发私信,都没能再得到他的回复。

陈媛的心里很乱,一方面跟父亲提出了去翠城市的要求,另一方面自己想见的人又不知道为何消失了。思绪混乱之下,陈媛在论坛里发了一篇名为"第五百二十楼留言的人，来当我的男友"的帖子。她心想，如果"唧唧歪歪"没有出现，自己就删帖退网。

没想到，短时间内，网友们争先恐后地纷纷留言。一夜之间，留言的人已经接近五百人。陈媛很紧张地刷新着论坛，期待着第五百二十个人的出现。果然，"唧唧歪歪"没有让陈媛失望，及时出现在了第五百二十楼的位置，并且给陈媛留言："抱歉，来晚了，你需要我的时候，我都在。"

"唧唧歪歪"跟陈媛唠叨的时候，陈媛偶尔会觉得烦，但他消失了，陈媛又会很想念他的唠叨。这让陈媛欲罢不能，又念念难忘。陈媛根本不知道"唧唧歪歪"到底长什么样子，留给她想象的似乎只有"唧唧歪歪"那个戴着墨镜、扎着小辫子的卡通头像。越是这样，陈媛越觉得他充满了神秘感。

陈媛从小就生活在缺乏安全感的环境中。母亲的离开，父亲的逃避，各种前来家里敲门找陈媛父亲的陌生男人，都给陈媛的成长带来了不同程度的伤害和阴影。

曾经，在父亲和二婚妻子小丹分财产的那段时间里，读高三的陈媛每天放学都会在校门口看到一个长时间盯着自己看的陌生男人。陈媛害怕极了，她不知道这个陌生男人想要做什么。陈媛跑去将这件事告诉了老师，可每当老师来到校门口时，陌生男人就消失了。老师什么都没看到，也很无奈，只好告诉陈媛不要想一些乱七八糟的事情，最好把精力集中在学习上，毕竟马上就要高考了。

然而，当老师离开后，陌生的男人又出现了。陈媛不敢再把这件事告诉老师，甚至不敢告诉同学，怕老师觉得她的举动影响了同学的学习。陈媛只好把老师的话铭记于心，每天走出校门就在心里默默背诵古文、诗歌，对于眼前的这个陌生男人表现出视而不见的态度。

那段时间里，陈媛多么渴望能有一个保护自己的男同学出现，或许他并不是一个在校生，又或许他是一个就像"唧唧歪歪"的卡通头像一样，戴着墨镜、扎着小辫子的辍学男孩。他每天都会站在陈媛的身后，默默保护着陈媛。只要有他在，陌生的男人就再也不会出现。

想着想着，这些幻想形态在陈媛的心里变得越来越清晰。陈媛越来越愿意相信"唧唧歪歪"就是自己幻想中的能够给自己安全感的那个男孩。这甚至逐渐变成了一种动力，让陈媛的学习成绩突飞猛进。终于，在高考结束后，陈媛取得了不错的成绩。面对是在本地读书还是去翠城市读书的选择，陈媛找到了父亲陈韬，提出了自己的想法。

而女儿被陌生男人跟踪的事情，陈韬是知道的。陈媛的老师给陈韬打了电话，把陌生男人跟踪陈媛的事情告诉了陈韬。陈韬特意在放学后暗中保护陈媛，趁陌生男人不注意，将其拉到了一旁的巷子里，却得知陌生男人是小丹的父亲派来的，只是收钱办事，跟着陈媛，并不会对陈媛怎么样。

也正是面对这样的压力，本来选择逃避的陈韬和小丹的父亲见了面，双方达成协议，陈韬分走了公司40%的股份。在这个节骨眼上，陈韬觉得还是把陈媛送到翠城市更安心一些。

陈媛带着父亲给的钱来到翠城市，来到了一个充满未知的新环境。陈媛即将以大学生的身份踏入大学校园。其实，大学校园对陈媛来说并不陌生。

早在读高中的时候，陈媛就经常在放学后前去一个离家不远的大学操场跑步。后来看到有大学生在校园里摆摊卖自己的闲置物品，陈媛灵机一动，把自己闲置的一些磁带也拿来摆摊出售，也正是这次卖磁带的经历，让陈媛认识了一位当时在读大二的姐姐。

这个姐姐很是豪气，上来就把陈媛的磁带全部打包买走了。陈媛很纳闷，完全不知道大二姐姐一个人买走这么多磁带干什么。大二姐姐则跟陈媛说，不想看她一个小姑娘在这里这么辛苦。

这位大二姐姐后来和陈媛成了知心的好友，时常带陈媛去食堂吃饭，跟陈媛聊一些读大学的生活和感受。大二姐姐说她在读大学之前就听家里的表哥说，在大学里，同宿舍的男生可以一起喝酒、一起熬夜、一起打游戏，但同宿舍的女生绝对不可能。她以前并不理解这句话，她觉得和她一起读高中的同班好姐妹也有很多，为什么到大学还是同一个宿舍，就不能一起玩了呢？

直到大二姐姐自己到了大学，才发现宿舍里的姐妹来自五湖四海，有南方人，也有北方人，有城里来的同学，也有农村来的同学，有喜欢把空调温度开很低的，有不喜欢开空调的，

甚至还有想花钱雇舍友帮自己下楼打热水的。大家从小的成长环境都不一样，家庭教育也不一样，导致思想观念差异很大。有的人认为这样是对的，有的人却又认为这样不对，她认为这样没什么，可别人又认为这样很重要。大家总是面和心不和，导致大二姐姐觉得自己好累，没想到每天除了学习，回到宿舍的生活也是如此之累。她似乎找不到倾诉的人，于是把陈嫒当成了她的倾诉对象。每天跟陈嫒聊一会儿，也能适当放松她的压力。久而久之，陈嫒也从大二姐姐的倾诉中，学到了很多大学生的生存方向和生存技能。

按照之前学校发给陈嫒的通知，陈嫒在翠城火车站右手边的停车场找到了学校派来专程接新同学的大巴车。排队登上大巴车后，大巴车驶出了火车站的停车场，开往位于翠城郊区的翠城大学新校区。翠城大学的旧址位于翠城市中心。翠城大学是一所百年老校。一百年来，翠城市逐渐发展成为一线城市，翠城大学的生源也逐渐多了起来，然而旧校区面积有限，根本容不下太多的学生。于是，学校在郊区又建了占地面积庞大的新校区。

陈嫒坐在大巴车司机的后面，选这个座位的原因有三个：一来排队上车的时候，大巴车司机喊着让大家往里走，同学们只好提着行李往后走，没有坐在前面的位置；二来眼看后面的位置就要坐满了，机灵的同学为了下车方便，一个转身坐在了前排靠车门的位置，当陈嫒上车的时候，只剩下大巴车司机背后的位置还空着。三来陈嫒小的时候母亲就总叮嘱她，出去游玩一定要坐在司机背后的位置,这个位置是最安全的,因为一旦发生危险,司机下意识一定是保护自己,这样一来,躲在司机的背后,那一定会比其他的位置多一分安全。所以,陈媛带着母亲的嘱咐,很坚定地坐在了这个没人选的座位上。

大巴车从城市开到了高速路,又从高速路开到了林荫小路,行驶了一个多小时。坐在大巴车司机背后的陈媛因为前方的视线被挡着,只能向左侧扭头看看窗外路边的小树林。

突然,大巴车车体向右转,只听那个坐在右侧靠车门位置的同学大喊了一声:"到了!"陈媛也向右侧探出头,想看看发生了什么,没想到大巴车司机接着又向右转动了方向盘,车体接着右转,陈媛差点摔倒在中间的过道上。她迅速伸手扶着对面的座位,对面的男生望着陈媛。陈媛感到尴尬万分,赶忙把头转向左边。此时,学校大门口的一块大石头映入了陈媛的眼帘。原来,大巴车第一次右转是进入了学校的大门,第二次右转,是为了躲避大门正对面的这块大石头。大石头上面雕刻着几个充满希望和喜气洋洋的亮红色大字——翠城大学欢迎你。

进了翠城大学的大门后,大石头把道路一分为二,左侧是足球场、篮球场和羽毛球场,右侧是一栋十几层高的大楼,看起来像是主楼的样子。中间是一个下沉广场,下沉广场的后面是一栋庞大的图书馆,图书馆的右侧都是教学楼,图书馆的后面就是堆满了食堂和宿舍的生活区。陈媛后来一直喜欢用"堆满了"这个词来形容食堂和宿舍,因为食堂和宿舍实在是太多了,光食堂就有六个,宿舍更是有几十栋。从教学楼步行到宿舍，基本得半个小时。在后来的日子里，有很长一段时间陈媛都希望校园里能开通一趟公交车。

大巴车缓缓在主楼旁停下。陈媛排队从车上下来。迎新的同学很快上来帮陈媛拿行李。主楼的右侧搭了一个很大的防晒棚，防晒棚的下面摆了一排桌椅，一些学姐学长在帮助新生处理报到登记、宿舍分配、办理校园卡等事宜。各个院系的牌子被挂在桌子上方很显眼的位置。防晒棚的外侧顶部挂着一条红色的横幅，上面写着"欢迎新同学来到梦开始的地方"。

陈媛第一次看到这行字的时候，一直以为这里的"梦"说的是学生自己的梦想，只有学好知识，将来才能更好地实现梦想。直到听了中文系的某位老师独特的解读，陈媛对"梦开始的地方"才有了新的理解。

这位老师认为："所有的艺术创作，歌曲、舞蹈、影视、文学，都是一场梦。创作就是一个造梦的过程。而你的观众、你的听众、你的读者，他们看一部电影、听一首歌、读一本书，都是在别人创造的梦境里邀游的过程。如果他们从中获取了感悟，收获了感动，能够在别人的作品中找到自己渴望的东西，或者说找到了他们的认知共鸣和情感共鸣，他们就会奔走相告，通过各种媒介，把他们的感悟告诉大家，把他们想要推荐的作品告诉大家，于是，就有了经典永流传一说。所以，对于艺术创作而言，最重要的就是媒介，没有媒介的传播，那就无人知晓，个人的感悟想要被更多的人知道，被更广泛地传播，那就得寻找这场梦境中的认知共鸣和情感共鸣。这就是学习'造梦'

的开始,也就是所谓的'梦开始的地方'。比如说我们塑造一个男主角,他虽然很穷苦,但是他有很好的创业合作伙伴,有能理解他的父亲和妻子,有很乖很懂事的女儿,于是他历经千辛万苦,最终收获幸福。这种设定一定会受到大众的欢迎,因为我们每个人家里都有一本难念的经,都有属于自己的难言之苦,我们都渴望能像故事中的男主角那样拥有那么好的合作伙伴、父亲、妻子、女儿,这就是情感共鸣。而这个内容本身是超脱现实的,现实中的人生怎么可能会像男主角的那么完美,所以,人们需要一场梦,来抚慰自己的心灵,或者说,激励自己的心灵,这就是我们需要学习的东西。"

这位老师的这番话俘获了很多学生的心,也包括陈嫒在内。这位老师正是歌舞剧《一切无关紧要的遇见》的编剧——大楠。陈嫒后来向大楠老师表示过自己对"梦开始的地方"的解读:"只有学好知识,将来才能更好地实现梦想。"对于陈嫒的解读,大楠老师只说了两句话:"学好知识,不一定能实现梦想,但一定能实现理想。梦想太超脱现实了,就让它在艺术作品中实现好了,而我们的理想,就是如何创作出更好的艺术作品,走进读者和观众的心里。"

大楠自从和赵熔分开后,便离开了老家,再次回到了翠城市,当了一名大学老师。此时的大楠正拿着一个保温杯向中文系的报到登记处走来。

"大楠老师?"刚刚做好登记,拿到宿舍钥匙的陈嫒,惊奇地望着眼前的大楠老师。

"你是？"大楠被吓了一跳，感觉自己好像并不认识眼前的这个女学生。

"我是……"陈嫒想提自己的父亲陈韬来着，毕竟这部歌舞剧是父亲当年拥有媒体资源又刚和小丹结婚的时候，为家乡西江县做的最令他得意的一件事。后来一想，自己这几年也不会再见到父亲了，在这里突然提他，感觉不太合适，赶忙又改了口。

"我是您的歌舞剧《一切无关紧要的遇见》的忠实观众。"

"哦？你在哪儿看的？"

已经好久没有人再跟大楠提过这部歌舞剧了，毕竟它只在西江县和西山市做了小范围的演出，能在翠城市听到这个名字，大楠突然有种倍感亲切的感觉。

"我在西山看的啊，我是西山人。"

陈嫒毫不犹豫地说出了自己家乡的名字。这是陈嫒第一次独自一人在人生地不熟的外地生活和学习，对于缺乏安全感的陈嫒来说，其实是件挺难的事情。突然看到一张熟悉的面孔，陈嫒心里瞬间多了几分温暖的感觉。

"哦，原来是这样，在西山市演的时候都换演员了，已经不是很好了。"

在大楠的心里，似乎都不愿意承认赵熔离开之后的几轮演出是他排演的，因为口碑和票房都不尽如人意，同样的内容，换了演员，演出来的感觉却相差很多。

"挺好的，我看了好几遍呢，内容我都忘了，我就记得里面的歌舞特别帅。"

陈媛一高兴，不小心说漏了嘴。当时因为票房不好，父亲陈韬为了让演出现场坐满人，让陈媛在开演前联系她的同学和同学的家长来看演出。为此，陈媛也是组织了好几次同学大观摩活动，自己就看了好几遍。可是此时，又不能告诉大楠老师，自己是陈韬的女儿。

"好几遍？那你可是够执着的，为什么看那么多遍呢？"

大楠很不理解，在票房如此惨淡的状态下，居然还有如此年轻的观众买票看了好几遍。

"呃，我小时候是学舞蹈的，所以想去看看里面的歌舞。"

陈媛赶忙胡诌了一个理由，来掩盖自己刚刚说漏的话。

"学舞蹈的？怎么考了中文系？"

大楠听到"舞蹈"两个字，会有很强烈的心理反应，总会在第一时间想到赵嫆。这也是大楠远离家乡、到中文系当老师的初心。却没想到，越想逃避的东西，就越会无时无刻地出现在生活中。

"相辅相成，哈哈。"陈媛不假思索地说出了大楠歌舞剧里的一句台词。

大楠听到之后一愣，这句话本来是当年赵嫆问大楠为什么喜欢她的时候，大楠的一句回答。大楠当时告诉赵嫆，舞蹈需要有内容才会变得更有灵魂和力量，而像他这样做内容的人，则需要舞蹈的节奏和舞蹈的韵律才能使内容更加坚不可摧，所以，舞蹈和文学，本就相辅相成。

陈媛说完之后，借着要去宿舍的借口，赶忙逃离了这个尴尬的场面。虽然陈嫒觉得再继续下去自己可能都不知道要说什么了，或许说着说着就又说漏嘴了，但陈嫒的心里却是暖暖的。这份暖意源于她看到了自己曾经崇拜的大楠老师，看到了熟悉的人，似乎有了很多安全感，有了一种依靠的感觉。陌生的校园，也忽然有了温度。

2

陈嫒的宿舍在十四号楼的一楼，也是全校离着教学楼最远的宿舍。正方形的校园，大巴车从南门驶入，右手边是报到的地方和教学区，十四号楼就在图书馆后方左上角一直走到无路可走的地方。这也是陈嫒每天要走半小时去上课的原因。

当然，并不是中文系非要把陈嫒放在这么远的宿舍，这栋宿舍楼本来住的都是大四的学生，并没有大一的新生。在报到登记的时候，陈嫒突然想起了那个大二姐姐的话，就向登记的老师询问有没有不带空调的一楼宿舍，老师翻找了很久，很是为难地告诉陈嫒，只有一间，距离很远，是四人间，四人间要比六人间贵一些，屋里只有一个空床位，还有三个大四的学生。

陈嫒听到大四的学生，马上就决定选择这间宿舍。陈嫒觉得，毕竟她们三个都是大四的学姐，想必也不会为难一个大一的学妹吧。

果然如陈嫒所想，这三个学姐在和陈嫒见过面之后，就基本很少出现在宿舍了，有的人忙着考研，有的人忙着找工作，有的人忙着谈恋爱。有的学姐告诉陈媛，智者不入爱河，专心学习才是真理；有的学姐则告诉陈媛，嫁个有钱的哥哥，马上立足于翠城市，做什么都会如鱼得水。三个人面和心不和，却从来都不会针对陈媛。对于陈媛而言，上课的时候和同学们相处融洽，放学之后基本都是一个人在宿舍，完全不用思考如何处理同学间的关系的问题，属实轻松又幸福。

距离自己给"唧唧歪歪"发私信都已经过去一周了。处理完开学的事情之后，陈媛赶忙打开电脑，登录论坛，想看看有没有回信。没想到，刚刚登录论坛，就跳出了十几条私信弹窗。陈媛点开私信，看着看着，眼眶逐渐湿润。

"唧唧歪歪"在收到私信的当天就给陈媛回复了，想要陈媛的电话号码和来翠城市的时间，并且表示自己可以开车去接她。没有见到陈媛的回复，"唧唧歪歪"每天早晚都会给陈媛发私信，除了问问陈媛的情况，还会把他的一些工作和生活的情况与陈媛分享。并且他告诉陈媛，如果陈媛在这个陌生的城市有需要帮助的地方，他也一定会全力以赴。陈媛突然觉得自己有些对不起"唧唧歪歪"，让对方等了这么久。因为之前自己也等对方的回复等了很久，似乎也能体会到对方的感受。陈媛马上拨通了"唧唧歪歪"的电话，想要与"唧唧歪歪"见面。

"唧唧歪歪"约了陈媛在翠城市郊区的一个摄影棚见面，因为他说下午还有节目要录制，可能没办法腾出时间。这是陈媛第一次知道"唧唧歪歪"的身份，一名电视台的节目编导。

翠城市的郊区有一个叫龙虾岛的影视基地，这里都是大型的摄影棚，一些电影和电视台的节目都来这里拍摄和录制。陈媛从"唧唧歪歪"那里听到龙虾岛这个名字时，觉得龙虾岛是个风景秀丽的地方。陈媛以为龙虾岛大概是个岛屿，可是内陆城市怎么能有岛屿？那或者是个度假的地方？陈媛对龙虾岛充满了期待与好奇。当陈媛从学校坐着出租车来到龙虾岛的时候，心里却闪现了一丝失望。

　　透过出租车的车窗，陈媛看到了一个破旧的大门，大门的上方挂着一块牌子，牌子上面写着——龙虾岛影视基地。据出租车司机说，过去这里确实是个度假的地方，有酒店，有泳池，可以吃龙虾，可是客人寥寥无几。老板不知道什么时候认识了几个搞影视的朋友，几个人一商量，合伙把这里改成了龙虾岛影视基地。除了过去的酒店，又盖了几个摄影棚。这样一来，来拍摄的剧组还能住宿和吃龙虾，可以达到双赢的目的。因为这里的目标人群不是来旅游的游客，来的人都是剧组的工作人员，所以老板也就没有再重新装修大门。

　　陈媛付了钱，下了出租车，独自走进龙虾岛影视基地的大门，再次拨通了"唧唧歪歪"的电话。接到电话的"唧唧歪歪"正站在不远处的摄影棚旁向陈媛招手。

　　摄影棚看起来有五层楼那么高，但实际只有三层。第一层的高度就差不多占了三层楼的空间，用来搭建舞台、灯光还有场景之类的。第二层和第三层是化妆间、办公及剧组开会的地方。

　　陈媛跟着"唧唧歪歪"来到摄影棚内。"唧唧歪歪"看起来并不像陈媛想象中的样子。一个一米八多的大男孩,身上并没有什么热爱运动的痕迹,皮肤很白,脸上很干净,没有一丝油光,笑起来又很阳光。他不像是坏孩子,让人感觉相处起来很舒服。

两人没有说几句话,"唧唧歪歪"就投入到了工作中。摄影棚里有一半是空的,摆了桌子,桌子上面还堆放着一些盒饭。旁边还有垃圾桶和饮用水,看起来像是演员吃饭的地方。另外一半搭了一个五彩缤纷的影棚,中间摆放了沙发,坐着一个穿着干净整洁的主持人。她正在和几个年轻人聊天,似乎在做访谈。主持人的对面摆放着一个阶梯式的铁架座椅,上面坐满了看起来像是大学生的观众。

而现实中的"唧唧歪歪"果然跟他的网名一样,话确实很多。陈媛看着"唧唧歪歪"一会儿跟摄影师交流,一会儿又跟主持人交流,一会儿又要去安排观众和调动观众的情绪。陈媛也第一次知道,原来综艺节目和拍电影一样,也是有剧本的,也是需要中间暂停的,也有说错重来的时候。

几小时后,"唧唧歪歪"终于收工了,大巴车送走了学生观众后,"唧唧歪歪"看到身后一直等着自己的陈媛,心里忽然觉得很是过意不去,于是决定请陈媛吃龙虾。

两人来到龙虾岛最有名的龙虾餐厅,"唧唧歪歪"点了两大份蒜蓉口味的龙虾,并且向陈媛表示,蒜蓉口味的龙虾真的很好吃。

服务生离开之后,"唧唧歪歪"也正式地向陈媛做了自我

介绍。

"我叫李不言。"

陈嫒"扑哧"一声笑出声来："啊？你？不言？"

李不言略显得有些不好意思："对，就是桃李不言的李不言。因为我爸从小就不太会说话，他说他上学的时候站在讲台上说话都哆嗦。后来进入社会开始工作，我爸为人耿直，无论什么时候都是满嘴实话，也因此得罪了不少人。他觉得我长大了或许会像他吧，所以就给我起了李不言，希望我即便是不会说话，也能招人喜欢。"

李不言简单地解释了自己名字的由来。

"嗯，那我感觉叔叔可是想反了，你不仅没有不会说话，反而很会说话。你应该把你的网名告诉叔叔。"

陈嫒说完之后，拿起桌上的杯子，喝了一口水。

"哈哈，名字包含了父母的期望，网名是自我内心的映射。当然，现在很多人觉得父母起的名字不好，都自己改了。我觉得还不错，所以用这个网名当另一面的自己吧。也就是因为我父亲从小这样期望我，我才决定要扭转他们的观念，所以报考了播音主持专业。"

李不言的这番话听起来很励志，有扭转人生的感觉，和陈嫒要改变自己命运的想法不谋而合。

"那你还在读大学？"陈嫒听到播音主持专业，突然很好奇李不言是哪个学校的学生。

"刚毕业一年，翠城影视学院，所以认识了好多做影视的同学，当时毕业后去电视台面试，我宿舍的同学都觉得我的执行能力要比主持能力强，所以我就报了编导面试，没想到真被录取了。"

"您好，打扰一下。"服务生把龙虾端了上来，打断了李不言的话。

"所以你是翠城市电视台的编导？"陈嫒赶忙追问。李不言冲陈嫒点了点头，露出了暖心的微笑。"那我平时可以常来看你们工作吗？"陈嫒突然觉得跟着李不言应该能学到很多东西。

"当然可以啊，下次来我请你吃旁边那家的烤龙虾，换换口味。"

李不言将龙虾夹到陈嫒的碗里，陈嫒没想到第一次与网友见面，就让自己感受到了前所未有的温暖，甚至还让自己看到了很多未来的曙光。

晚上回到宿舍后的陈嫒躺在床上，忽然想起了父亲陈韬曾经带着她和西山市电视台的人吃饭时的情景。陈嫒其实很少接触电视台的人，从小就喜欢看书的她，作文一直写得很好。陈韬给西山市电视台的人引荐了陈嫒，并且督促陈嫒要跟西山市电视台的老师们多多学习，希望能够对女儿的将来有所帮助。陈韬总跟陈嫒说，如果将来能去西山市电视台工作，是一件很不错的事情。但在陈嫒看来，西山市电视台的老师们大多是想着如何从她父亲这儿获利，并没有想要帮助她的意思。想着想着，陈嫒突然觉得，如果毕业之后自己能去翠城市电视台工作，那在父亲面前岂不是有一种很长脸的感觉。

随后的三年中，陈媛几乎每个周末都要去找李不言。跟李不言的团队一起学习一段时间后，陈媛和李不言的关系也越来越好。李不言身边的朋友也总在陈媛面前夸赞李不言才华横溢，让陈媛心生萌动。李不言似乎看出了一些端倪，便找机会跟陈媛提起了她当年在论坛里发起的"第五百二十楼留言的人，来当我男友"的事情，借着这件事，向陈媛表达了自己想要当陈媛男朋友的想法。陈媛为了保持女生的矜持，谎称那是开玩笑，但第二天便答应了李不言的表白。

就这样，两人一起度过了三年，所有和李不言在一起的日子都很开心，只是有一次令陈媛比较疑惑。在某个周二，陈媛临时想要去找李不言，却遭到了李不言的拒绝。李不言还情绪激动，表示他的时间都是安排好的，陈媛这样打乱了他的计划，很不好。李不言说得陈媛心里感觉很委屈，但她也没多想，毕竟大多数时候还是开心的。也许李不言真的是安排了工作，那自己去打乱别人的计划确实也不对。

与此同时，宿舍里的三个大四的学姐都离开了学校，又迎来了三个大一的新生。大一的新生更是各成一派，没有人和陈媛这个老学姐有什么贴心的交流，更没有人知道陈媛在学校外面有一个男朋友。

陈媛读大四的这年，向李不言提出了想要去翠城市电视台工作的想法。李不言声称自己有关系可以内部引荐，不需要考试，也不需要筛选，直接入职，只是需要一些费用。陈媛的目的就是必须要进翠城市电视台，哪怕是花光自己所有的钱也无所谓,反正一工作就又有钱了,自己实在不愿意回去面对父亲。

陈媛把自己身上所有的钱都拿给了李不言,拜托李不言帮她入职翠城市电视台。李不言满口答应。却没想到,在李不言拿走钱的三天后他突然消失了,电话也变成了空号。陈媛忽然有一种被骗的感觉,但她不愿意相信这是真的。陈媛没有一个可以交心的朋友,她只好去找自己唯一可以信任的大楠老师求助。

大楠得知陈媛被骗的情况后,联系了自己在翠城影视学院的朋友,让朋友帮忙调查了李不言的资料并在第一时间将李不言的地址发给了陈媛。陈媛按照地址,很快就找到了藏起来的李不言,却没想到李不言见到陈媛后,"扑通"一声跪在了陈媛的面前。

李不言声称自己很不容易,做的项目赔了钱,急需一笔钱来填补空缺,不然自己可能要被人起诉,说不定还得被拘留。陈媛看到李不言可怜的样子,一时心软了,脑袋一热又原谅了他。两人和好之后,陈媛便坐上了返回学校的出租车。在车上,她又接到了大楠老师的电话。

原来,大楠老师在帮助陈媛找到地址之后就报了警,而接到电话的警察则希望大楠和陈媛能够来一趟派出所。大楠才赶忙给陈媛打了电话。先一步到了派出所的大楠见到了另外一个来报案的女学生。这名女学生拿着一张和自己男友及其朋友们的合影,声称自己的钱被男友骗走了。

当陈媛赶到后，经过她的确认，这张照片里就有李不言。而女孩的男友也正是曾在陈媛面前夸赞过李不言的那位朋友。

随后，在警方的全面布控下，很快在翠城市长途汽车站抓捕了正要逃往外地避风头的李不言等人。在审讯室外面的陈媛，也第一次看清了李不言的真面目。

学播音主持的李不言从翠城影视学院毕业后，并没有像他所说的那样去电视台面试编导，而是怀着演员梦，四处寻找着一夜爆红的机会。然而李不言由于没有自己参演的作品，所以四处碰壁。不想让自己的梦想破灭的他，便召集了几个同学，一起商讨着如何用最小的成本弄出一个作品来，毕竟这对大家今后的面试都有益处。

开了几天会，大家最终决定，做一个投入最小的小剧场话剧，把演出的过程录下来，这样也算是一个由编剧、导演和演员共同参与的作品。因为都是第一次做，没什么人气，所以担心卖不出去票。但又想在录像中看起来全场爆满的样子，李不言灵机一动，提议搞一次先看后买票的噱头。一来，免费看应该可以坐满全场；二来，像这样先看后买票的形式没有人做过，一定可以吸引很多人的眼球。大家思索之后，只好勉强同意，虽然投入的钱不多，但谁也不想亏钱。

演出当天果然爆满，只是演出的效果并没有想象中那么好，话筒没声，表演失误，导致散场时也并没有观众愿意掏钱买票。同学们开始埋怨李不言，有的同学还和李不言起了纠纷，希望能把自己的钱退回来，毕竟这主意是李不言出的。

就在李不言不知道怎么办的时候，一位大款阿姨来到后台找到李不言。大款阿姨向李不言表示，自己看了他们的剧，很感动。这部剧虽然有很多不成熟的地方，但这样的不成熟就是青春的标志，就是团结与力量的象征。同学们听了大款阿姨的话，觉得很有道理。

大款阿姨决定投资李不言等人，再做一部话剧，但主角必须是大款阿姨自己。就这样，李不言果然带领着同学们赚到了钱，同学们也没再埋怨李不言。大款阿姨主演的话剧很快便在翠城市大剧院如火如荼地上演，首演当天大款阿姨还找来了电视台现场宣传，首演结束后，大款阿姨砸下重金在报纸头版头条刊登了自己演出时的剧照。

一夜之间，大款阿姨在翠城市出了名，李不言等人的团队也跟着沾了光。几天之后，李不言等人的各种同学、各种朋友之类的开始托关系约李不言等人吃饭，通过各种方法表达他们也想加入李不言的团队或参与话剧的表演的想法。

李不言有些犯难，毕竟自己也是跟着大款阿姨打工的人，于是向大款阿姨表达了自己内心的困惑。大款阿姨拍了拍李不言的肩膀，告诉李不言："这是好事，告诉他们，来可以，得交钱。"

"啊？交钱？这合适吗？"李不言一脸困惑地望着大款阿姨。

"怎么不合适？我投资你们不花钱吗？"

李不言没有接话，心里觉得大款阿姨说的话有些道理。就

这样，李不言等人向同学、朋友们开启了收费合作的模式。项目也从话剧扩展到影视短剧、小型节目录制、MV拍摄等。只是钱都到了大款阿姨的兜里，李不言等人依旧是个打工的。

李不言和合伙的同学们私下开会，大家一致觉得很不公平，感觉自己像是被利用了，把同学和朋友们骗来交钱，结果自己一分钱落不着，而同学和朋友们都以为是李不言等人把钱拿走了。与此同时，李不言等人还得听大款阿姨的话，在网上寻找一些有钱有梦想的学生，帮大款阿姨把他们的钱骗过来。于是，李不言提议，接下来的几年大家要留个心眼，骗到一定的钱数，就带着钱集体逃跑，大家纷纷表示同意。

在李不言做出这个决定后，他看到了陈媛发的"第五百二十楼留言的人，来当我男友"的帖子。这也是当时李不言消失一段时间的原因。而李不言真正决定要骗陈媛的钱，是收到陈媛私信的那一刻。陈媛给李不言发的私信中，除了说自己要去翠城市上学，要跟"唧唧歪歪"见面外，还提到了自己从父亲那里要了五十万。除开这四年的学费和食宿费，多余的钱就用来毕业后在翠城市创业和生活，或者考研究生。后来，因为和李不言谈恋爱，以及拜托李不言找工作，陈媛逐渐放弃了考研究生的想法。而在某个周二，李不言情绪激动地拒绝了陈媛要见面的请求，是因为李不言当时正在跟朋友欺骗另一位受害者。

"为什么骗我？"这是陈媛见到李不言说的第一句话。

"现实一点吧，你又不是本地人，又没工作又没钱，我怎么可能跟你结婚？结婚以后我养你？我不骗你我等什么？"

李不言跟陈媛说这番话的时候很是激动，看起来像是心里觉得自己委屈，被大款阿姨带到了坑里，便向陈媛泄愤的感觉。

陈媛对李不言失望至极，但并没有一丝恨意，只是很失望，心里觉得空落落的。开庭之后，没有等宣判，陈媛就离开了翠城市。因为陈媛看到任何场景都会触景生情，想起来和李不言相处的日子，甚至是看到校园里某一个曾经给李不言打过电话的角落，都会让陈媛心里感到难受。

3

虽然父亲已经预测到就快要毕业的陈媛可能要回来了，但陈媛突然回到家，还是让父亲很惊喜。陈媛并没有把被骗的事告诉父亲。她在临走之前还给大楠老师打过电话，希望大楠老师之后能帮自己介绍一份工作，自己好把钱赚回来还给父亲。其实，陈媛对于回到西山市之后要做什么，并没有自己的安排和计划，或许回来，只是想换个心情。

陈韬似乎看出了陈媛心里憋着事。陈韬了解，这是陈媛从小就有的习惯。陈媛不喜欢把不好的心事分享给别人，她总觉得分享出去好像也没什么用，还会带给别人麻烦。所以陈媛多数时候都不爱表达内心的想法，和父亲也很少说话。

傍晚，陈媛陪着父亲陈韬去应酬。父亲的朋友听说陈媛就要大学毕业了，特别推荐陈媛学习他所讲授的商业管理课程，说她将来毕业了还可以帮助父亲继承媛源便利有限公司。父亲

的这位朋友似乎是喝了点酒的原因，开始还只是推荐陈嫒去听他的课，讲着讲着就变成他的课上有很多精英人士，简直就是一个殿堂级的交友平台，万一嫁个有钱男孩，岂不是前途一片光明。

陈嫒听着听着逐渐有些反感。陈韬看出了女儿的不高兴，赶忙转移了话题。饭后回家的路上，陈韬对陈嫒说，希望她能去听听那位朋友的课，倒不是为了继承公司或者找男友。一来，是希望女儿能给陈韬一个面子，听人家说了半天，完全不去好像也不好；二来，去多接触接触不同的朋友，大概也能换换心情。陈韬的最后一句话说到了陈嫒的心里，她答应了父亲，决定从第二天开始就去听课。

陈嫒说自己可以坐地铁去听课，不需要人接送，但陈韬还是把接送陈嫒去听课的事情交代给了助理赵嫆。其实陈嫒没有理解父亲的用意。陈韬只是想在朋友面前不失去自己的面子。不然，自己的女儿去听朋友的课，还挤地铁，让朋友看到似乎也不太好。

赵嫆因为手头的工作太多，没有时间专门接送陈嫒。她突然想起自己那个没什么事情做的弟弟赵鑫，便安排赵鑫每天上班前和下班后去接送陈嫒。

在翠城市生活了四年的陈嫒看不上赵鑫，在她的认知中，没见过什么世面的赵鑫跟自己完全不在一个思想维度。而赵鑫并没有意识到陈嫒的反感，每天都会跟陈嫒分享很多自己小时候的故事。陈嫒不愿意理会赵鑫，只是默默地低着头，有时候会戴上耳机听歌，但也依然无法阻止赵鑫的热情讲述。直到陈媛的弟弟出事，被绑架撕票，父亲的工作也陷入了混乱。陈媛和弟弟并没有什么感情可言，只是觉得这样可怕的事情发生在自己家里，让本来就缺乏安全感的她突然很恐慌。再加上前男友的欺骗，陈媛突然被眼前说个没完的赵鑫激怒了，压抑在内心许久的情绪终于爆发了出来。

陈媛怒斥了赵鑫一番，说自己根本看不上赵鑫，希望他能有自知之明。赵鑫感觉有点蒙，完全不知道自己做错了什么，还向陈媛表达自己不是闹着玩的，自己可以娶陈媛。陈媛接着又说道："你又不是本地人，又没钱，我怎么可能跟你结婚？结婚以后我养你？你现实一点吧。"

说完之后，陈媛便下车离开了。这句李不言曾经说给陈媛的话，陈媛原封不动地给了赵鑫。其实陈媛并不是非要针对赵鑫，更多的是自己内心坏情绪的发泄。果然，在陈媛发火之后，赵鑫每天来接陈媛时不再说话了，甚至都不看陈媛一眼。

陈媛开始感觉有些对不住赵鑫，毕竟赵鑫只是说喜欢陈媛，也没有做什么，又这么辛苦接送陈媛。陈媛觉得自己对赵鑫说的话似乎太伤人了，于是，陈媛决定向赵鑫表达自己的歉意。

五月二十日，陈媛下课后特意去超市买了一些零食，想要送给来接自己的赵鑫，在结账的时候看到赵鑫发来的信息，信息内容显示的是一个新的上车地点。陈媛按照信息中的提示找到了来接自己的车，却没想到车内坐着的并不是赵鑫，而是一个陌生男人。

"我是赵鑫的同事,刚刚是我给你发的信息,我和赵鑫都在铜塑厂上班。赵鑫在厂里有事情要处理,所以拜托我来接你。"

陌生的男人其实正是赵鑫的姐夫张阳,为了隐瞒自己的身份,张阳便声称自己是赵鑫的同事。此时,张阳看到陈媛有些犹豫,于是向陈媛表明了假身份。

陈媛"哦"了一声就上了车,没有多做犹豫。毕竟车还是父亲公司的那辆车,虽然不是赵鑫来接,但自己也听赵鑫提起过上班的铜塑厂。

"拿着。"张阳递给陈媛一瓶水后,便起步离开,朝铜塑厂开去。

陈媛接过水之后,觉得有些奇怪,不知道这个陌生男人为什么会递给自己一瓶水。但也没有太在意,便低头开始玩手机。

走着走着,陈媛缓缓抬头,却发现窗外的车越来越少,路也有些陌生,并不是平时回家的路。

"呃?那个,师傅这是要……"陈媛刚想问司机师傅,这是要开到什么地方,突然从后视镜中发现司机师傅的眼神有些不对劲儿,赶忙停止了询问。

"哦,抱歉,因为我出门前约了人,本来是要去拿个文件,结果赵鑫临时拜托我来接你,我也没办法推掉自己的事。因为跟人家约好了时间,但又不能耽误接你,所以就先接了你,再去拿个文件。实在抱歉,我拿了之后,就马上送你回去。"

张阳为了安抚陈媛的情绪,赶忙打断了她的询问,话语略显啰唆,听起来像是真的,但又有点现编的感觉。

"你先喝口水,别着急,马上就到。"张阳紧接着又补充了一句。

"哦,好的。"

此时的陈媛,面对一个陌生男人的解释,即便有所怀疑,也不太敢立即反驳。只好加强警惕,静观其变,寻找下车的机会。

因为张阳的提醒,陈媛再次拿起了水瓶,却无意间发现水瓶的上面有一个极其微小的小孔。肉眼很难看到,用手触摸会感到瓶身有一点儿凹陷。

联想到弟弟刚出事,陈媛突然有一种不祥的预感,偷偷摸出了手机,想要报警。但她转念一想,会不会是自己太敏感了,万一自己的预感是错的,不但误会了司机师傅,还会给父亲添麻烦。万一预感是对的,司机师傅知道自己报了警,那岂不是更危险。陈媛打算再悄悄观察一下。

陈媛拧开瓶盖,假装喝了一口水。随后她缓缓靠在靠背上,假装渐渐睡着。

张阳从后视镜中看到陈媛睡着之后,将汽车停在了路边,拉起了手刹,转身喊了声陈媛。陈媛依旧装睡,没有反应。张阳借着喊陈媛的机会,顺手拿走了陈媛握在手里的手机。随后,用陈媛的手机对着睡着的陈媛拍了一张照片,转身下车,关上了车门。

陈媛听到下车关门的声音后,微微睁开了眼睛,透过车窗看到了正在拨打电话的司机师傅。

"照片发给你了,想见你女儿的话,带两百万现金来北郊

的扬名铸铜雕塑厂,你只有一个小时时间。"

张阳给陈韬拨打了电话,开门见山,并没有多说一句废话。此时,听到这句话的陈媛,也完全可以确定自己是被绑架了。于是,陈媛悄悄打开了另一侧的车门,从车上爬了下去。

"那是你的事,另外,最好不要报警。"

特意叮嘱了对方不要报警后,张阳果断地挂断了电话,拉开车门回到了驾驶座。透过后视镜,张阳看到后座竟然是空的,猛然回头,发现后车门被打开了。此时的陈媛已经跑出去一段距离了。张阳赶忙发动了汽车,朝陈媛逃跑的方向追去。

几十秒后,陈媛被石头绊倒摔伤,张阳顺势将车堵在了陈媛的前面。张阳迅速下车,一把抓住陈媛,用准备好的塑料扎带将陈媛的手脚捆绑了起来,并将她放到了汽车后备箱里。

张阳拉着陈媛一路来到了扬名铸铜雕塑厂,停好车后,从后备箱里拖出陈媛,将她拖进了厂内。

"你别费劲儿了,我不想伤害你,我只想要钱,这就是绑架,我要的钱也不多,你爸肯定会答应的,咱们和和气气地把这件事解决了,别给我添麻烦。"

张阳一边跟陈媛唠叨,一边把陈媛拖到角落里,准备把她捆绑在一根铁柱子上。此时,陈媛看到了已经被捆绑在另外一个角落里满脸淌血的赵鑫。

"张阳!你在干什么?"张阳的妻子赵嫆紧跟着冲进了铜塑厂。看到眼前被张阳捆绑起来的陈媛,赵嫆惊讶不已。

"姐!"看到姐姐的赵鑫赶忙喊了一声。

"你把我弟怎么了？"赵嫆看到满脸淌血的赵鑫，赶忙跑过去给赵鑫松绑。

"你别动他，他没事，就是头破了点皮而已。"

张阳看到赵嫆要给赵鑫松绑，感觉不妙。如果赵鑫自由了，那岂不成了三个人对付他一个人了。一着急，张阳也没注意是否绑牢了陈媛，就跑向另一个角落去阻止赵嫆。

刚要给赵鑫松绑的赵嫆被张阳一把拉开，赵嫆想要推开张阳，两人扭打在一起。发现自己并没有被绑紧的陈媛成功解绑，顺势拿起旁边桌上的玻璃烟灰缸砸向张阳。被砸中头部的张阳，应声倒地。赵嫆一脸惊恐地推开张阳，望着不远处的陈媛。

4

"所以，你是看到你爸自首的视频，才报的警吧？"坐在医院的病床旁，听完陈媛的讲述，闫京向陈媛提出了第一个问题。

"对。"陈媛点了点头。

"你们走了之后，你知道你爸去了铜塑厂吗？"

这是闫京向陈媛提出的第二个问题，陈媛摇了摇头，闫京并没有从陈媛的表情中看出什么撒谎的迹象。陈媛的眼神也十分坚定，讲述的时候也没有什么多余的小动作。闫京起身，面对窗外，长叹了一口气，闭上了眼睛，陷入沉思，开始把之前所有的碎片信息在大脑中集中整合。

被烧成炭化的尸体，钝器击打致死，死后焚尸，小卖部门口的监控，每天都来接陈媛的车，去程消失的绑匪车。按照陈媛刚刚的讲述，都可以一一吻合。张阳绑架陈媛为了偿还债务，赵嫆追了上去，和张阳扭打在一起，陈媛误杀张阳，父亲陈韬替女儿顶罪。似乎都能说得通。而新的绑匪也可以肯定是张阳，不然赵嫆不可能跳出来。但陈韬为什么要替绑架了他儿子的唐川做掩护？为什么要谎称绑架了他女儿的绑匪和唐川一样用了变声器？赵嫆为什么只字不提他的弟弟赵鑫？赵鑫在哪儿？唐川在哪儿？大虫哥又在哪儿？成了闫京的新问题。

"赵鑫现在在哪儿？"闫京转过身来，望向陈媛，提出了第三个问题。

"我……"陈媛面对闫京的提问，第一次变得犹豫，小动作也多了起来，似乎是在琢磨怎么往下编能不被看穿。

闫京向陈媛走了过来，陈媛明显更加慌张。

这时，病房门口突然传来了垃圾桶被撞倒的声音，陈媛的脸上第一次出现了惊恐的表情。闫京和邓德翔赶忙冲到门口，拉开门向走廊望去。只见一些医生、病人和家属来来往往，并没有什么异常。

"可能是医生或者病人路过，不小心碰到了吧。"邓德翔向闫京表达了自己的想法。

"不对。"闫京看到了陈媛刚刚的眼神，他认为刚才的声音绝不是普通的无意碰撞。

"什么不对？"邓德翔追问道。

"眼神，陈媛的眼神。"闫京小声回了一句。

邓德翔看向陈媛，陈媛赶忙低下了头。闫京假装缓缓关上了病房的门。就在还剩一条缝隙的时候，突然，一个黑影从人群中冲了出来，冲向了楼道。闫京拉开门，赶忙追了出去，邓德翔紧随其后。

"看好陈媛，马上叫人封锁医院大门。"闫京冲邓德翔喊道。

邓德翔马上拿出对讲机，给守在医院外的警员发了指令。

跑进楼道的黑影，透过窗户看到医院外的警员正在向医院大门靠拢，便立即转头，向医院的天台跑去。此时，追到走廊里的闫京，也跟随着黑影一路追到了天台。

天台的大门被黑影撞开，一闪而出，黑影将大门用力关上，想要阻止追来的闫京。闫京见状，一个箭步飞奔而上，在大门将要关上的最后一秒，用胳膊肘顶住了大门。大门夹在了闫京的胳膊肘上，他忍着撕心裂肺的疼痛，用力顶开了大门。而站在闫京眼前的黑影不是别人，正是赵鑫。

[第五章]

女助理的弟弟・真相。

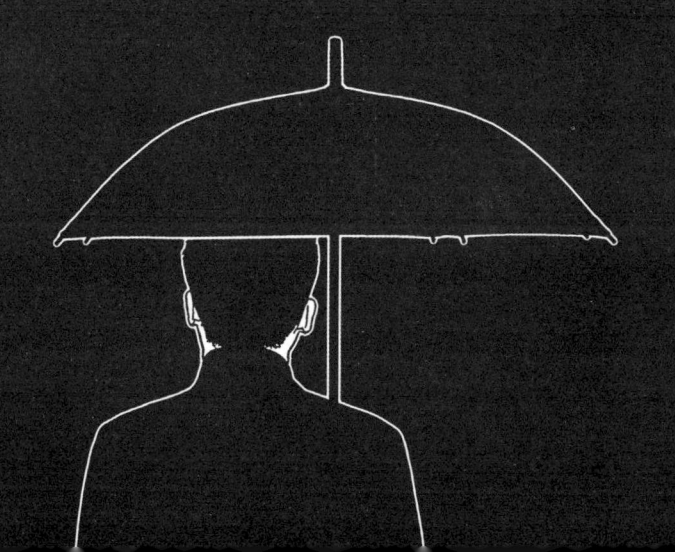

1

赵鑫有一个比自己大不了多少的姐姐,两个人有一段一起成长的童年时光。姐姐赵嫆时常喜欢把自己新发现的好歌和漫画分享给弟弟,还偶尔拉着弟弟模仿影视剧里的角色,扮演男友和女友的情节。

在弟弟赵鑫眼中,姐姐时常会幻想着她能找到一个白马王子,一个文质彬彬的男友。这大概也要归因于亲戚朋友总是夸赞姐姐长得好看,将来一定能嫁一个好老公。暂时还没有好老公的姐姐,只好模仿着影视剧里谈恋爱的情节,拿弟弟练练胆儿。

后来,赵嫆被送到了西江县艺术学校住校学习舞蹈。她每天都会给弟弟打电话,一来关心弟弟的学习,二来嘱咐弟弟一定要照顾好父母。没有了姐姐在身边监督,赵鑫的学习成绩一路下滑。他跟姐姐要了零用钱,声称要买文具,结果却拿着钱去了游戏厅,还在游戏厅认识了长期泡在游戏厅里的同校同学李波。看到李波的游戏技能比自己的高很多,赵鑫对李波产生了崇拜之情。

赵鑫并不知道李波的父亲是干什么的,只是知道李波的母亲是公共汽车的售票员,每天从早忙到晚,根本没有时间管他。所以他早上出门,声称去上学,其实转头就钻进了游戏厅。傍晚放学的时候,他再从游戏厅里出来,假装放学回家。打游戏的钱就是母亲每天给他的饭钱。但是用饭钱玩了游戏,那吃饭怎么办呢?起初他是到处混饭,今天跟这个吃一口,明天跟那个吃一口,后天看到谁在游戏厅里吃泡面,就赶紧上去抢一口。自从认识了赵鑫,李波就再也不抢别人的泡面了。

"厉害!"站在李波身后的赵鑫,对李波的游戏技能赞叹不已。

"我可以当你师父,你看怎么样?"李波看出了赵鑫对自己的崇拜之情,便向赵鑫提议。

"真的假的?需要学费吗?我可没有太多钱。"

赵鑫听到李波要收自己为徒,开心极了,只是觉得自己好像没什么可以回报赵鑫的,毕竟自己还是个学生,也没多少钱。

"真的啊。不需要学费,只要每天能管我顿饭就行。"

李波其实只是想用自己的本领给自己找个固定吃饭又不用花钱的地方。

"那……我要是买了你的饭,我也没钱玩游戏了。"囊中羞涩的赵鑫似乎感觉有点为难。

"嗯,目前来看,你的游戏水平并不高。如果花太多钱玩,又没有什么长进,那岂不是浪费钱。不如搬个板凳坐在我旁边,看我玩,还可以跟我学习。省下来的钱用来买吃的,一举三得。"李波一本正经地给赵鑫出了个主意。

"一举三得？哪三得？"赵鑫追问道。

"一来，看我玩，和你自己玩的感受也差不多，甚至会比你自己玩的感受更愉悦，毕竟我能赢啊，你也赢不了，得玩；二来，我还能教你一些技巧，得知识；三来，咱俩还能用省下来的钱买好吃的，得饱。"

李波给赵鑫做了一个详细的分析。赵鑫深深地被李波的分析所折服，感觉看李波玩游戏确实比自己玩更享受。有时候自己玩输了还生气。赵鑫认为李波说得特别对，便立即同意了李波的提议。

两人一拍即合，便开始了天天在游戏厅苦心学习游戏技能的长远计划。时间久了，落下的课程太多，赵鑫的成绩一落千丈，随之而来的就是高考失利。同样失利的还有赵鑫的好师父李波。而李波却安慰赵鑫，声称这一切都是最好的安排，如果这条路走不通，说明这条小路不适合你，那一定还有一条大路在等着你。

赵鑫跟着李波一起踏上了大路，进了同一所职业技术学校，开始学习显像管维修专业。用李波的话说，将来大型游戏厅一定是市场发展的主力军，显像管维修专业绝对是抢手专业。然而两人都没想到，他们还没学会多少知识呢，老式的显像管大型游戏机就已经被全面淘汰了，赵鑫感觉自己毕业后大概会找不到工作。

"我要去西山市找我爸去了，据说我爸能给我安排个工作。如果工作稳定了，我一定要把你也带到西山市，我们一起并肩作战。"

李波向赵鑫做了最后的告别，临别时也不忘赵鑫的前途。李波要去找他爸这事是真的还是假的赵鑫不知道，但这是李波第一次，也是唯一一次向赵鑫提到他的父亲。李波还声称，他妈给他起名叫李波，就是希望他不要随波逐流，要波涛汹涌，做出自己的一番事业。

李波走得匆忙，以至于赵鑫都没来得及留李波的联系方式。平时没有什么朋友的赵鑫突然感觉很孤单，李波走了，像是一个好朋友人间蒸发了。什么时候李波还能出现在赵鑫面前，他也无法预测。

好在这种孤单并没有持续多久。赵鑫的姐姐赵嫆进入了歌舞剧《一切无关紧要的遇见》剧组，开始了排练工作，也和大楠谈起了秘密恋爱，而作为弟弟的赵鑫并不知道姐姐是何时开始恋爱的，直到赵鑫特别想去船上餐厅的那一天。

西江县开了一家船上餐厅，将西江县的风景浓缩在了一家室内餐厅里。餐厅中间是一个大水池，水池中漂泊着几条木船。上菜的服务员从岸边划着小木筏，划到木船旁上菜。风格独特，不仅吸引了众多游客，还吸引了众多西江县的小情侣。因为没有女朋友，十分想去船上餐厅的赵鑫希望姐姐赵嫆能和他一起去。而此时的赵嫆也刚好被大楠约了去船上餐厅吃饭，赵嫆似乎有些为难，还善意地谎称那天弟弟要找她逛街。大楠得知真相后，提出要邀请赵鑫一起去船上餐厅吃饭。

准备去见姐姐男友的赵鑫十分激动，他从小就盼望着能见

到姐姐百里挑一的男友,居然这么快就要见到了。然而,当赵鑫见到大楠本人时,却感觉大楠并不是自己想象中的"姐夫"。大楠个子很高,身材略胖,长得很憨厚,还有一点腼腆,完全不是赵鑫心中趾高气扬的白马王子的形象。赵鑫把对大楠的初印象告诉了姐姐,姐姐则声称只要是她喜欢的,在她心里他永远都是白马王子。

第一次见赵鑫的大楠并没有空手而来。大楠把自己在翠城市买的一个微型运动摄影机送给了赵鑫,希望赵鑫能够多出去运动,多认识朋友,不要总坐在家里。这是赵鑫第一次收到别人送的礼物,很是感动,甚至觉得自己收到如此贵重的礼物,心里还有些亏欠大楠,便向大楠提出,可以去剧团免费帮忙的想法。得知了赵鑫的想法,大楠全力向瘦导演推荐赵鑫,并且成功让赵鑫进入了剧组饰演了一个小角色,还给赵鑫发了酬劳。

大楠听赵鑫说了和好友李波失联的事情后,便告诉赵鑫:"角色虽小,但是在剧中从头贯穿到尾,一来可以学到很多东西,二来这个歌舞剧将来还要去西山市演出,到时候大楠会把赵鑫的照片印在海报上,一定会被李波看到的。"

大楠一步步地将赵鑫从前途的迷茫中拉了出来,再次点燃了赵鑫心中的希望。大楠为赵鑫所做的一切,让他备受感动。赵鑫一个劲儿地感谢大楠,并说:"将来如果有机会报答你,一定赴汤蹈火。"

大楠则笑称:"赴汤蹈火倒是不必。我只是希望身边的人都能有好的未来。"此时,大楠在赵鑫的心中突然变得光芒万丈。赵鑫似乎懂了姐姐为什么如此深爱着大楠了。

然而，事情往往事与愿违。每天勤奋刻苦的大楠，一心一意爱护着赵嫆和赵鑫的大楠，怎么也没有想到，自己的事业和爱情会同时出现如此大的危机。

在赵嫆父亲的阻碍下，赵嫆向大楠提出了分手，并且拉黑了大楠，彻底消失了。在赵鑫的眼中，与其说赵嫆是消失，不如说赵嫆是在躲避，因为赵嫆也不知道该如何面对被自己伤害的大楠。赵鑫目睹了姐姐整天关在房间里痛哭，但却没有什么办法帮助姐姐和大楠。找不到赵嫆的大楠就给赵鑫打电话，希望约赵鑫见面，其实也是希望赵鑫能够帮助大楠挽回赵嫆。

赵鑫赶忙去见了大楠。此时的大楠已失去以往的光芒万丈，变得颓废不堪。赵鑫也没有想到，一直以来给了自己很多指引和力量的大楠会变成这样。那天晚上，从来不喝酒的大楠喝了不少酒。只是喝了以后又很后悔，大楠以前总听说喝酒可以消愁，但没想到喝了之后会更愁。此时的愁，除了感情方面的问题，还有身体上的，他几乎无法走路，同时又迷迷糊糊分不清方向，很难独自回家。

赵鑫陪着大楠坐在路边，大楠靠在赵鑫的肩膀上。赵鑫似乎能感受到，在酒精的作用下，此时在大楠的意识中，眼前的赵鑫其实是姐姐赵嫆。

大楠一边拉着赵鑫一边讲述："你总是不喜欢在大家面前开怀大笑，让一些人误认为你冷漠。其实我知道，你并不冷漠，只是不希望大家看到你不太好看的牙齿。我悄悄帮你预约了西山市最好的牙科医生，本来计划在西山市的演出结束后就带你去整牙。上次说要拍歌舞剧的海报，你还紧张了一晚上，你跟我说你从小就没有拍过艺术照什么的，听说去西山市演出的时候还会有采访，那该多紧张。为了消除你的紧张，我特意给同学打了电话，求助他来西江县给你拍一些跳舞的照片，来慢慢消除你面对镜头时的紧张。然而这一切都化为泡影。就连我为你准备的生日派对，还有我们说好的一起旅行，也都化为泡影了。我多么期盼着演出结束后，我为你准备的一系列惊喜都能展现在你眼前，我能看到你温暖的笑容。什么都看不到了……什么都没有了……"

大楠说着说着渐渐睡着了，赵鑫把自己的外套搭在了大楠的身上。这是赵鑫第一次感受到爱情带给别人的力量，也是赵鑫第一次感受到在大楠心中，如同精心盖好的大楼突然轰然倒塌的感觉。这种倒塌来得突然，让大楠、赵嫆、赵鑫手足无措。此时，赵鑫忽然对大楠心生愧疚。赵鑫虽然无法改变现在的一切，但他在心里发誓，自己将来一定会以另一种方式来弥补对大楠和姐姐的亏欠。

这大概是赵鑫第一次有了一个自己要完成的目标，虽然不知道什么时候才能实现。赵鑫此时的主见，其实是建立在自己没主见的基础上的。赵鑫从小就没什么主见，这和姐姐赵嫆有很大的反差。小时候跟着姐姐，后来姐姐去住校上学了，自己就跟着李波。别人让他做什么，他就做什么，从来也没有想过会有什么后果，或者说，做某一件事会对自己的人生有什么影响。

姐姐赵嵂总说赵鑫没有自己的立场和主意,希望他能够有所改变。而赵鑫面对姐姐的唠叨,也是左耳朵进,右耳朵出。没主见、没主意,对于赵鑫来说,这是再好不过的事情。因为赵鑫觉得,有没有主意对自己来说其实并不重要。当一个人对任何事的结果都不在意的时候,过程对他来说其实也就不重要了。

2

赵嵂和张阳登记结婚后,赵鑫就跟着姐姐和姐夫一起来到了西山市。姐夫张阳在西山市并没有办婚礼,而姐姐在西江县也没有办婚礼。两家人只是在西江县一起吃了个饭。姐夫懒得办,总是心不在焉的感觉。而姐姐是不想办,也不想告诉任何朋友自己和张阳结婚的事情。在赵鑫的眼中,张阳对姐姐的爱和大楠对姐姐的爱相比,明显差了很远。这大概也是姐姐不愿意让朋友看到她婚礼的原因吧。

赵鑫和姐姐住在一个普通的商品房小区内,这是姐夫张阳和姐姐结婚的时候合伙买的。张阳的父亲出了买房子的钱,姐姐出了装修的钱。而姐姐的钱是父亲给的,所以姐姐便让暂时没地方住的赵鑫也住了进来。起初赵鑫还怕打扰了姐姐和姐夫的生活,但没想到姐夫张阳自从结婚后就没有住过这个商品房小区的房子,而是一个人一直住在五一街四十五号——西山市电视台给张阳父亲分配的宿舍里。

姐姐结婚之后，赵鑫就没有再见过姐夫的父亲。姐夫一直是一个人住。姐夫总是给赵鑫一种很神秘的感觉，他平时不怎么说话，把自己关在铜塑厂的工作室里，不知道在研究什么。姐夫对铜塑厂工人们的出品要求极高，所以工人们的压力都很大，工作的时候都很认真。也正是因为如此，没有一个工人愿意帮助和指点对铜塑一点都不懂的赵鑫。

虽然大家都知道赵鑫和张阳是亲戚，但没人会觉得教会赵鑫会得到厂长张阳的奖赏，反而都害怕赵鑫万一出什么差错，张阳会怪罪到他们头上来。赵鑫就像是一个被孤立的个体，每天游走在铜塑厂混日子。姐夫并不给赵鑫发工资，因为赵鑫什么都做不了。赵鑫的工资是姐姐赵熔给的，其实也只有一千来块钱，毕竟赵鑫每天都跟着姐姐吃、喝、住，也不用怎么花钱。赵熔只是希望赵鑫能在铜塑厂里学点东西。

每天晚上下班后，几个年轻的工人为了释放白天工作的压力，都喜欢去网吧玩几个小时的游戏。看到赵鑫没事，他们就拉着赵鑫一起，并且以技术交流为由，让赵鑫来帮他们交上网的钱。赵鑫听说有人愿意教自己铜塑的技术，便满心欢喜地跟着去了，还热情洋溢地为他们交了上网的费用。技术没学会，游戏技能倒是学了不少，反正赵鑫对铜塑厂的技术也不感兴趣，只是玩着玩着，突然触景生情，想起了当年李波教自己打游戏的情景。

就这样，一晃就是好几年，也不知是心灵感应，还是上天安排，李波竟然出现在了赵鑫玩游戏的网吧里。一天傍晚，赵鑫从网吧的厕所里出来,看到李波和几个壮汉从网吧里带走了一个年轻人。赵鑫赶忙跟了上去。

"什么时候还钱?"李波将年轻人拖到巷子里,只问了一句话。赵鑫躲在远处悄悄观望。

"我这不是正在赚钱吗?"年轻人想要找理由避开还钱的话题。

"在网吧赚钱?你怎么不上班赚钱呢?"李波对年轻人所说的在网吧赚钱感到诧异。

"上班能赚几个钱?这不是可以在网上玩游戏赌钱吗,很快就能赚回来。"年轻人对自己胸有成竹,向李波祈求着。

"我告诉你,你可是跟我们借了不少钱了,车、房都抵押给我们了,这些你媳妇、你爸可都不知道。你自己每次都说很快,也没见你多快能还上。"李波把事情再一次向年轻人强调了一遍。

"给我一个星期,就一个星期。"年轻人打断了李波的话,再次向李波保证。

"行,一个星期,如果依旧还不了,我可就去找你的家人了。咱们的借贷可都是有正规合同的。我是正常催债,可对你没有什么暴力行为。"

李波犹豫了几秒钟,马上答应了年轻人,并且强调了自己行为的正规性。

年轻人向李波点头后,马上跑回了网吧内。

年轻人回去之后,李波便要转身离开。

"李波!"赵鑫赶忙从角落里跑了出来,叫住了李波。

李波回头看到赵鑫,露出了诧异的表情。

3

李波带着赵鑫来到一家旱冰场。旱冰场坐落在西山市的一条老商业街。这条老商业街属于主商业街的横向支路。主商业街做了翻新修整,而这条支路上的老房子却没人管。支路的两边都是老式的两层小楼,一层都是门面房,有服装店,也有一些小吃店和书店;二层有的商家用来自己居住,有的商家为了多赚点钱,就自己整租下来后再把二层分租出去。

旱冰场刚好就在二层,楼下的一层是卖床单、被罩的一个小店,店内还挂着"血亏大甩卖""最后三天"的大纸板。溜冰场的牌子则被挂在楼下店门口的一个角落里。其实也并不是什么特别的牌子,只是一块木板,上面写着"青年旱冰场请上二楼"的字样。想要去旱冰场,需要先进入卖床单、被罩的店,一直走到最里面,就可以看到一个通往二层的楼梯。

绕过牌子后,李波和赵鑫进入了店里。李波轻车熟路,一路奔向最里面的楼梯处。赵鑫紧随其后,费力跟随。因为"血亏大甩卖",卖床单、被罩的小店被大爷大妈们挤满了,想要穿过人群走向楼梯处,是件不容易的事情。起初赵鑫以为忍过三天就好了,后来赵鑫才发现,这个"最后三天"完全是无限期的。那为什么又要挂这两张大纸呢?李波后来跟赵鑫解释道:"血亏大甩卖就真的是血亏大甩卖,为的就是吸引人流,而最后三天,其实还有其他的作用。"

李波一边说一边带着赵鑫站在卖床单、被罩的店门口,赵鑫顺着李波的手指的方向望去。隐蔽的招牌,拥挤的卖床单、被罩的店,被广告牌遮挡的视线,这分明有一种根本就没想让人去旱冰场的感觉。果不其然,旱冰场里并没有什么生意。李波带着赵鑫上了二楼,映入眼帘的是一个老式的旱冰场,像是已经倒闭了,但又不太像倒闭了的感觉,因为卫生打扫得还是很干净的。

"这个旱冰场在二十年前是很火的,当时的老板是个没考上大学的高中生,父母也都是做买卖的,就支持他开了这家旱冰场。当时一楼不是卖床单、被罩的,而是卖冷饮和零食的,也是他们家的店。老板还有个读初中的亲妹妹,每天放学之后都会来帮她哥哥的忙。因为老板的妹妹长得漂亮,所以总能吸引很多男同学放学以后来这儿滑旱冰,他们就为了多看看这位长得好看的女同学。起初只有同班的男同学来,后来同校的学生也来了,再到最后连隔壁学校的也来了。于是,这家旱冰场的生意也越来越好。"

李波带着赵鑫一边往里走一边讲述旱冰场过去的故事。

"那他现在还是老板吗?"赵鑫突然觉得这个旱冰场有一种很神奇的力量,如果现在的老板还是当年的那个老板,那当年那个老板的妹妹又在什么地方?那些男同学还会不会再来这家旱冰场?赵鑫的心里充满了好奇。

"早就不是了,那个老板把旱冰场转给了我大哥,听说他去了国外。据说是靠着他妹妹,全家都定居到国外了。因为他妹妹当了空姐,嫁了个外国人。"李波一边说着一边和坐在角落里的一个男人打了个招呼。

"这个人怎么一个人坐在这儿?"赵鑫对这个独自坐在小角落里的男人感到好奇。

"之前要轰走他来着,他说他只是很怀念中学时候在这个旱冰场里滑旱冰的时光,那个能看到老板的妹妹的年代。现在都不知道老板和他妹妹去了哪儿,所以他就想坐在这里回忆过去。后来,我大哥看他只是每天静静地坐着,也没说什么,也就没再让我们管他。"

李波说完之后,已经和赵鑫走到了旱冰场的最里面,一扇防盗门前。防盗门的上方还挂着二十年前的办公室牌子,牌子的斜上方装着一个监控探头。

"啊?为什么要轰走他?难道这里不再是旱冰场了?我看这里一个客人都没有。"

赵鑫对这一路走来的冷清依旧感到好奇。

"对,不是旱冰场,旱冰场是假象,真相在这扇门的后面。"

李波回答完赵鑫之后,转身按了门铃,随后防盗门被打开。赵鑫跟着李波走进了屋内。

令赵鑫没有想到的是,在旱冰场最里面的办公室门后,竟然隐藏着一个烟雾缭绕的棋牌馆。踏进防盗门之后,旁边有一排桌子,桌子上面摆着几台电脑,而电脑里播放的正是旱冰场监控探头的实时画面。有办公室门口的画面,也有旱冰场中间的画面，还有一层卖床单、被罩店的画面。棋牌馆的中间是一个大厅，一个又一个的麻将桌摆在大厅里，坐满了玩麻将的人。只是桌子并不是专门的麻将桌，而像是饭店的餐桌，上面铺了一层布。左边是几个包间，右边是一个厨房，厨房里有两个阿姨模样的人正在做饭，还有一个看上去膀大腰圆的男人，不知道在忙什么。

"前面的一切假象都是在为这里的真相做掩护，这家棋牌馆是我大虫哥的，楼下的卖床单、被罩的店其实也是他的。我就是替我大哥收账的。"

李波小声跟赵鑫简单地介绍了棋牌馆的情况，并把赵鑫引到了厨房的位置。正如李波所说，大虫哥正是接下旱冰场的人。自从原来的老板搬走之后，旱冰场的生意越来越冷清。大虫哥就突发奇想，在后面开了这家隐蔽的棋牌馆。除了跟来打牌的人抽水之外，还给来打牌的人提供免费的茶水和饭菜，以及不时之需的资金借贷。听到"大虫哥"三个字，赵鑫马上想到的是一个叫丹尼斯·罗德曼的外国篮球运动员，外号也叫大虫。此时，一个留着花哨发型、满身肌肉和文身的凶狠形象突然浮现在赵鑫的脑海中。赵鑫有一种想要赶快逃离此处的感觉。

"大哥，我回来了！"

李波跟正在厨房里忙活的大虫哥打招呼。听到李波的声音，大虫哥从厨房里走了出来。

"这是我老家的同学，赵鑫。"

李波跟大虫哥介绍着赵鑫，赵鑫赶忙向大虫哥点头示意。

163

"饭马上就好啊,咖喱饭,一起吃点儿。"

一个胖胖的中年男人跟赵鑫点头示意,回应了赵鑫。这个胖胖的中年男人,正是李波所说的大虫哥。但大虫哥并不是赵鑫想象中的模样,反而还很热情,笑起来还很憨厚。但也正如赵鑫所想,大虫哥果然是丹尼斯·罗德曼的粉丝,衣服上还印着他飞身救球的经典画面。大虫哥后来跟赵鑫说,这是一种鼓舞着他永不放弃任何机会的精神。

在大虫哥的招待下,赵鑫在大虫哥的棋牌馆吃了两碗咖喱饭。他吃完还想再吃一碗,都有点不好意思了。

"我大哥以前可是名厨。当年他当厨师长的那家餐厅倒闭后他没了收入,刚好和这家旱冰场的老板是朋友,看到旱冰场生意好,就接了下来。没想到旱冰场并不像想象中的那么火爆,最后实在没办法,就开发了新思路,做了棋牌馆。"

李波看出了赵鑫的不好意思,于是便帮赵鑫又盛了一碗。

"没事,吃吧。我大哥说了,棋牌馆是个生意,饭菜不是生意。这里的饭菜都是免费提供的。他看到别人爱吃他做的饭,他高兴着呢。"

听了李波的话,赵鑫也没有刚进屋时的紧张感了,突然觉得像是到了朋友家一样。大虫哥听说李波和赵鑫从小就在游戏厅一起玩,于是决定在棋牌馆引进几台大型游戏机,供大家免费娱乐。

很久不见李波的赵鑫有些激动,毕竟李波也曾是他青春里的引路人。赵鑫向李波说了很多憋在心里的话,还有他目前的困惑和姐姐赵嫆对他的期望。听了赵鑫的表达,李波则希望赵鑫能够真正加入大虫哥的家庭,跟着大虫哥一起走向致富之路。

告别了热情的大虫哥和李波之后,赵鑫回到了家里。他并没有把遇到李波和大虫哥的事情告诉他的姐姐。他突然有了一个新主意,如果能跟着李波和大虫哥赚钱,自己就有了收入,给姐姐买个礼物,到时候可以给姐姐一个惊喜。因为姐姐赵嫆一直担心赵鑫的工作问题,曾经还跟赵鑫说:"只要你能赚到钱,那就是我最大的欣慰了。"赵鑫这次也必然是受到李波的煽动和鼓舞才有了这个新主意,而这个新主意也成了赵鑫要给姐姐一个惊喜的最初动力。

4

大虫哥并没有食言,第二天就联系朋友购买了几台大型游戏机,摆在了棋牌室的外面。旱冰场的墙边,也成了李波和赵鑫的娱乐好去处。而赵鑫也向李波表明想要跟着李波赚钱的想法,但赵鑫希望李波能帮他保守秘密,因为在没赚到钱之前他还不想让姐姐知道,等赚了大钱,再给姐姐一个惊喜。李波答应了赵鑫。所以,赵鑫依旧去姐夫的铜塑厂上班,只是利用下班时间和偶尔的请假时间,和李波一起出去帮大虫哥收账。

赵鑫并不是大虫哥的员工,只能算个临时工,帮忙收回来了钱,大虫哥便会给他一点儿提成。若没收回来钱,大虫哥也会象征性地给赵鑫一百块钱的辛苦费。只是,这个秘密计划没有实施多久,赵嫆就找到了赵鑫,给赵鑫安排了另外一个工作:

接送陈韬的女儿陈嫒。

赵鑫一开始并不愿意，声称自己没有时间去接送别人。赵熔为了让赵鑫能准时接送且不耽误事，便自掏腰包给了赵鑫一些酬劳，并谎称是老板陈韬给的。拿了钱的赵鑫，便多了一份责任心。一方面姐姐觉得赵鑫反正也没事，不如再赚一份钱；另一方面，赵鑫也不想让姐姐知道自己在跟着李波赚钱。赵鑫感觉这个接送工作似乎也耽误不了太多时间，便答应了姐姐。

姐姐赵熔开着公司的那辆黑色新能源商务车，带着赵鑫到陈韬家接陈嫒。这是赵鑫第一次接陈嫒，所以赵熔怕赵鑫不认识路，就带着赵鑫跑一次。除了认路，也是想带着他去练练车。在赵熔进了陈韬的公司后，陈韬特意给赵熔报了驾校。赵熔向陈韬申请，希望报驾校的名额里能增加弟弟赵鑫，陈韬没有多想，就同意了。只是赵鑫在和姐姐一起考完驾照后，就再也没有开过车，多少有些生疏。

穿过两条长街，赵熔向左打方向盘，汽车左拐，进了一个胡同。胡同的左边是一排高墙，在胡同里看不到墙里面是什么。胡同的右边是一个很普通的小区，小区的门口还有一些遛狗的人和卖菜的小贩。一直走到胡同的尽头，左边的一排高墙上出现了一个白色的大铁门，透过大铁门似乎能看到一栋又一栋的别墅，每家都是独栋独院，又用围墙围了起来，只能看到一个房顶，并看不到里面的样子。

其中，正对着大门的这一家显得格外奇怪，不仅看不到房顶，连围墙都没有，像是刚遭到地震后的一片废墟。后来赵鑫跟保安闲聊才得知，是这家业主买了别墅后，觉得户型不好，于是全部推倒，自己又在原地重新盖了一栋新户型的别墅。赵鑫听到之后，有一种这家的业主有钱没处花的感觉。

门口的保安看到了赵熔的车，主动向赵熔走了过来："您好，您来啦！"

保安的年纪不大，二十多岁，长得十分帅气，但眼睛似乎有些近视，可又没戴眼镜。离着老远的时候一脸严肃，随着逐渐走近，认出了赵熔是自己认识的人后，便马上满脸堆笑，热情问好。

"您好，我们来接陈总的女儿。"

虽然并不知道保安小哥的名字，但赵熔每次看到这个保安小哥心里都会有一种莫名的好感。

"好嘞，我这就给您开门。"

保安小哥转身按动了手里的遥控器，大铁门缓缓打开。赵熔松开手刹，轻点油门，汽车便向大门内驶入。

"抱歉，您等一下！"在保安小哥的阻拦下，赵熔再次将车停了下来。

"什么事？"赵熔打开车窗询问保安小哥。

"您也知道，小区是要预约才能进入的，因为陈总之前特意交代了，所以您是可以进去的。但您旁边这位，可能就不太方便进去了。"

保安小哥的表情显得有些为难，但还是清楚地表达了自己的意思。

167

"刚好,给你介绍一下,他是我弟,以后就是他来接陈总的女儿了。"赵熔一边说,一边掏出了手机。

"你等一下啊,我给陈总打电话,让陈总和你说。"

赵熔拨通了陈总的电话,在陈总的授意下,保安小哥放赵熔和赵鑫进入了小区。

这是赵鑫第一次和保安小哥接触,保安小哥看起来对工作很是认真负责。后来,赵鑫和保安小哥相熟了,两人攀谈之间,赵鑫才得知保安小哥之前其实是学表演的,毕业以后出演过一些小角色,但觉得工作实在太累了,没有资金,没有资源,没有人脉,更别想能轻松功成名就,明星之梦就更是遥不可及了。虽然保安小哥因为长得好看,从小就被人称为小明星。当然,这也是保安小哥去学习表演的最初动力。

赵熔驾驶着黑色新能源商务车进入了别墅区。别墅区分为左半边和右半边两条路,左边走到头是死路,右边走到头也是死路。从空中看,整个院子所呈现的形状像是一个微笑的嘴巴,仿佛表示着住进这个别墅区的人永远开心快乐的意思。

陈韬家的小院在左拐往里走最后一家,因为是最后一家,平时门口也不会有别的邻居经过,陈韬就把自己院子外的一片空地占为了己有。毕竟是公共场所,也不好霸占得太明显,就在空地上放了一个骑马勇士的铸铜雕塑,看起来气势凌人。就因为多了这个雕塑,陈韬家的别墅也成了整个别墅区的唯一焦点。

这个雕塑还是从赵熔的老公张阳的铜塑厂里定制的,一来是为了照顾赵熔老公的生意,二来正好陈韬也不知道该在这片空地上摆什么。他得知赵熔的老公是做铸铜雕塑的,便突发奇想,在空地上摆了一个骑着马的勇士。

放了雕塑之后,原本的死路变成了一个微循环的活路。汽车开进来之后,围着雕塑绕个圈便可以再开出去。赵熔围着雕塑绕了半个圈,停在了陈韬家院子门口。

陈媛接到赵熔的电话后,很快便从别墅的小院走出来上了车。赵熔一边开车一边把坐在副驾驶的赵鑫介绍给陈媛,并告诉她以后由赵鑫负责接送她。陈媛只是抬头透过前排的后视镜看了一眼赵鑫,之后全程都在看手机。而赵鑫却莫名有一种紧张和尴尬的感觉。

赵鑫从小就和女同学有一种"绝缘"感。因为天生内向,又没有主意,再加上长得一般,还每天躲在姐姐的保护下,赵鑫本身就不招女孩喜欢。每当赵鑫想要跟女孩交流的时候,女孩都刻意回避他。甚至有时候某些调皮的女孩还故意往赵鑫的课桌里放情书,拿赵鑫脸红的样子开玩笑。渐渐地,"女孩"这个词在赵鑫的心里基本和"不靠谱"画了等号。赵鑫觉得和女孩说话是浪费时间,不如多去找李波聊天。从那时候开始,李波就成了赵鑫心里最靠谱的朋友。所以,赵鑫长这么大,除了姐姐,几乎没有怎么和别的女孩说过话。

姐姐赵熔带着赵鑫认了一次路之后,就由赵鑫开始负责接送陈媛。此时,本就心情不好的陈媛,其实也并不怎么想跟陌生的男孩交流。赵鑫不怎么说话,反倒让陈媛感觉轻松自在。

五月十三日的傍晚，赵鑫下班后准备去接陈媛，突然接到了李波的电话。

"你在哪儿呢？"李波开门见山，语气似乎有些着急。

"我？呃，我去接个人。"

最近在接送陈媛的事情，赵鑫并没有告诉过李波。赵鑫觉得，一来，李波和陈媛也不认识，也不会有什么交集；二来，自己也许就接送几天，似乎也没必要跟李波说那么多。

"接人？你先赶紧来接我一趟。我找你有急事，就这样啊。"

李波说完之后就挂断了电话，虽然不知道他有什么急事，但从言语间隐约能感觉到李波确实是忙中抽空给赵鑫打了个电话的感觉。

虽然李波并不知道赵鑫接送陈媛的事情，但他知道赵鑫最近开的是他姐姐公司的车。而具体为什么开车，赵鑫只是声称借来练练手。所以，这辆车平时除了接送陈媛，还偶尔拉着李波四处跑一跑，只是刚好今天的时间撞到了一起。

赵鑫在旱冰场附近接到了李波。李波想让赵鑫送自己去某个饭店，和别人见面谈点事，刚好赵鑫在旁边也可以充充场面。赵鑫在导航里找到了李波所说的饭店地址。饭店刚好在接到陈媛之后送其回家的路上。

"我姐让我去接个女孩，送她回家之后，咱们就可以去你说的那家饭店了。"赵鑫一边摆弄导航一边跟李波商量接下来的路线。

"嗯，行吧。"李波看了一眼表，思索了片刻，答应了赵鑫的安排。

赵鑫带着李波接到陈媛后又把她送回了别墅。陈媛住的别墅区着实震惊了李波。晚上谈完事情后，李波非要拽着赵鑫去吃饭，盛情难却，赵鑫只好跟着李波去了一家小烧烤店。

烧烤店的面积不大，四面的墙上装满了镜子，从外面看起来，像是一个面积被扩大了三倍的烧烤店。虽然已经很晚了，但人流量还不小，小小的店铺里挤得满满的。因为人多，声音嘈杂，为了同桌的食客聊天能够相互听到，烧烤店特意选用了较矮的桌椅。同桌的朋友坐在一起吃烧烤的时候，就像是蹲在一起围了个圈子，声音也自然就集中在了这个小圈里。

"这个姑娘可以啊，住大别墅，她不会是你姐给你介绍的女朋友吧？"

认识赵鑫这么久，李波还是第一次见赵鑫的身边有女性朋友。

"可别瞎说，人家怎么可能看得上我，我就是接送她上下课而已。"

事实上，赵鑫起初为了打破尴尬的气氛，其实有试着和陈媛聊过天。他每天都会自言自语跟陈媛分享很多他小时候的故事，但陈媛依旧只是默默低头看手机。有时候赵鑫说着说着，会突然发现陈媛戴上了耳机。显然陈媛并不愿意听赵鑫说话，赵鑫也就没再跟陈媛说过什么。

"你不表达，怎么能知道别人看不上你呢？你得大胆表达，这年头，富人家的女孩看上穷人家的男孩的例子多了去了。"李波极力地劝说赵鑫向陈媛表白。

"嗯，不过你这么一说，也确实是有这样的事情。你刚才看到别墅门口那个跟我打招呼的保安小哥了，他在那儿当保安，就是为了找个有钱的女朋友……"

赵鑫给李波详细讲述了保安小哥的故事。李波觉得赵鑫一定要以保安小哥为榜样，向保安小哥学习。

"而且人家保安小哥都没有如此得天独厚的人脉关系，你这近水楼台还不先得月？"

李波的话让赵鑫陷入了沉思，李波再一次成了赵鑫的引路人。李波也没什么太高的文化水平，仅仅从杂志上看来的那两个词也用到了这句话里，显然他也不知道自己形容的对不对，反正大概意思赵鑫是明白的。"得天独厚"和"近水楼台"深深地刻在了赵鑫的心里。

本来赵鑫想晚上回家后从侧面跟姐姐打听一些陈媛的事情，但没想到当天晚上姐姐回来得很晚，而且情绪也不好，回来便休息了。具体发生了什么姐姐也没说，赵鑫也不知道。

五月十四日早上，姐姐走得很早，也没有和赵鑫有什么交流。赵鑫还没起床，姐姐就已经离开家了。

赵鑫按照约定好的时间前来别墅接陈媛去上课，却发现陈媛家旁边的别墅门口多了一辆警车。赵鑫没太在意，因为他听保安小哥说过，陈媛家旁边的别墅并没有人住，之前还进去过贼，保安小哥布下天罗地网，想要英勇抓贼立功扬名来着，没想到进去一看，那只是个想要蹭住的流浪汉。陈媛家旁边的这栋别墅常年空置，联络不到业主，保安小哥也听了很多传言。

什么业主违法犯罪被抓了，什么业主房子太多给忘了，还有什么业主把房子送给了小三，小三给忘了，各种各样的传言，五花八门。赵鑫以为警察大概是来调查这栋别墅的主人到底去哪了吧，于是，绕过了警车，将车停到了警车前面。

看到赵鑫的车，陈嫒很快下楼上了车。赵鑫向左打了方向盘，拐出了别墅区。

赵鑫一边开车一边透过后视镜看了看坐在后面的陈嫒。陈嫒没有像往常一样看手机，反而在望着窗外，似乎有什么心事。

"呃……你在想什么呢？"经过之前的打击之后，赵鑫再次试探着跟陈嫒说话。

其实赵鑫的心里做好了向陈嫒表白的决定，只是不知道该如何开口，或者说不知道该如何将现在的这个相处模式变成更自然一些的朋友之间的相处模式。

陈嫒看了一眼后视镜里的赵鑫，并没有说话，继续看向窗外。突然陈嫒的电话响了起来，屏幕上显示"大楠老师"，陈嫒赶忙接了起来。

"喂？大楠老师，嗯，嗯，好的，我知道了。"

赵鑫听到"大楠"两个字，心里咯噔一下。虽然听不清陈嫒跟电话里的大楠老师到底在说什么，但可以确定，陈嫒口中的大楠老师应该就是当年自己姐姐的男朋友大楠。赵鑫一直以为，大楠是陈韬的朋友，也是通过陈韬投资歌舞剧而认识的姐姐赵嫆，并不知道大楠和瘦导演之间的缘分故事。

陈嫒挂了电话后，赵鑫马上找到了话题的切入点。

173

"大楠老师？是那个歌舞剧《一切无关紧要的遇见》的编剧吗？"

赵鑫特意详细叙述了歌舞剧的名字，想要接下来继续表示自己和这个歌舞剧以及和大楠老师之间的缘分，从而达到和陈媛套近乎的目的。

"对，怎么了？"陈媛听到赵鑫认识大楠老师，便回了赵鑫一句，但语气显得有些冷漠。

"大楠老师我可熟了，你和他是什么关系呢？他和你爸爸也是好朋友吧？当年我也参演过那个歌舞剧，哎，不知道你看过没有啊，没准咱俩还见过面呢。你说这缘分巧不巧，注定了咱俩还得再见面。有时候我就想……"

"你是不是想追求我？"赵鑫的话还没有说完，就被陈媛打断了。

"呃……没有，呃，也不是没有，就是确实是喜欢你。"

赵鑫被陈媛的一句话噎得有点不知道该如何回答，自己的思路也都被打断了。

"你觉得我可能成为你的女朋友吗？"

陈媛用了疑问句，给了赵鑫一些提示，没有把话说得很肯定，但是她并不知道，其实赵鑫并没有完全理解这句话。

"这也不是我觉得行不行的事啊，这不是得相处后才能知道吗。但是我能保证，我铁定是真心的，绝不是闹着玩的，我一定会娶你。"

别说恋爱经验，甚至连怎么和女孩说话的经验都没有的赵鑫，以为陈媛是在试探他，便拍着胸脯向陈媛保证。而本身就情绪不好的陈媛，已然被眼前这个不会说话的直男点燃了心中的怒火。

"真心？娶我？你在开什么玩笑？你又不是本地人，又没钱，我怎么可能跟你结婚？结婚以后我养你？你现实一点吧。靠边停车。"

赵鑫被陈媛突如其来的怒火吓了一跳，赶忙靠边停了车。

"晚上你也别来接我了。"

陈媛拉开车门，下了车，在路边拦了一辆出租车扬长而去。

晚上没有去接陈媛的赵鑫跑去旱冰场找李波寻求帮助。

"嗯，她说的没错，这的确是你最大的问题。"李波听完赵鑫的描述，对陈媛的话给出了肯定的态度。

"什么问题？"赵鑫却觉得自己做得并没有问题。然而赵鑫并不知道，自己根本没有找到问题的关键。

"你没钱啊，这不就是问题的关键，你要是有钱，一切不就迎刃而解了。"李波又不知道从哪儿学来个看起来有点高级的词，用在了这句话里。赵鑫听得似懂非懂。

"可我怎么才能马上有钱？那我要是没钱，这事是不是就成不了了？"

赵鑫觉得以目前的状况，自己能突然有钱，简直是件不可能的事情。

"那肯定的啊，还用问，人家姑娘可等不起。怎么马上有钱？也简单，但是肯定得冒险，你看看里面的人，尽是一夜暴

175

富的。"

李波的目光引领着赵鑫望向了那个挂着办公室牌子的房间。

"找大虫哥借钱？"赵鑫对于棋牌一窍不通，唯一能想到的就是找大虫哥借钱。

"可以啊，只要你有抵押，当然可以借。而且有我这层关系，还可以少要你的利息。但是你借一次，也就那些钱，花完了怎么办？你抵押的东西怎么赎回去？"李波对赵鑫的想法先给出了肯定，接着又提出了疑问。

"那怎么办？"赵鑫顺着李波的疑问继续追问了一句。

"依我看，你可以先找些可以抵押的物品，比如说房本、营业执照什么的，然后借出来钱，拿这些钱去玩牌，赢了的钱就可以赎回抵押，多出来的钱不就是你自己赚的了。这样一来，钱越滚越多，没几天你可就是富翁了。"

李波似乎是给赵鑫指了一条发家致富之路。

"房本？营业执照？可那上面都没写我的名字啊，我怎么拿去抵押？"赵鑫对于李波给出的建议有些不能理解。

"你可以找张白纸骗你姐签个名啊，然后我在这张白纸上给你打合同。"李波显然是有很多骗人的经验。

"这合适吗？"赵鑫有些犹豫。

"没啥不合适的，反正就是借来用用，又不是不还。用完了偷偷还回去不就好了，合同一撕，谁也不知道。"李波的一番话，让赵鑫觉得好像这事的确可行。

"可我不会玩牌啊。"赵鑫觉得可行，但又想到自己没有玩牌的技术。

"有我呢,你怕什么,我指导你不就好了。"

就这样,在李波的极力劝说下,赵鑫回到家中,骗到了姐姐的签名,又冒险偷出姐姐放在家里的房本和铜塑厂的营业执照。

赵鑫带着房本和营业执照在李波的引导下,抵押给了大虫哥,借走了两百万。用李波的话说,"要玩就玩大一点"。李波声称可以让赵鑫在一夜之间将两百万变四百万,这样赵鑫就会有两百万的利润了。赵鑫激动不已,眼含热泪,声称自己有一百万就知足了,如果真能赚到两百万,还愿意分五十万给李波。

赵鑫揣着两百万在大虫哥棋牌馆的包间里坐了下来。刚开始的时候,李波给予了一些指导,赵鑫也是越来越熟练,确实一直在赢钱。紧接着,李波悄悄跟赵鑫说自己不能一直在屋里,会引起别人的反感,便离开了包间。李波离开之后,赵鑫的运气就没有那么好了,连连输钱。眼看着天就要亮了,却一点希望都没有,除了把赢来的钱都输掉了,赵鑫的本金也输了一小半进去。赵鑫借着去厕所的机会,去外面找到了李波。

"嗯,没关系,还有希望,依我看你现在要换换心情,准备去接陈媛吧,今天晚上再继续。"李波很沉稳地给了赵鑫一些意见,让赵鑫的心里又再次充满了希望。

"还接陈媛?"赵鑫觉得前一天都被陈媛拒绝了,自己还去接是不是有点不合适。

"去啊，必须要去，你作为一个男子汉，不能因为她几句话就退缩了，这是不对的。而且接她送她本来就是你的工作啊，又不是要你接她去约会。你光明正大的怕什么。而且多和她接触，说不定晚上你还会转运。"

赵鑫觉得李波的话说得很有道理，便赶忙出门去接陈媛。

陈媛出门之后看到赵鑫的车，犹豫了一下，还是坐了上去。只是再次接到陈媛的赵鑫不再说话，两个人从头到尾都保持沉默。

晚上送陈媛回家之后，赵鑫再次来到了大虫哥的棋牌馆，继续战斗。这样的生活重复到了五月十九日的晚上，赵鑫终于把两百万输得一分不剩了。

"接下来怎么办？"赵鑫有些慌张，不知道该如何面对姐姐和姐夫。

"没关系，别着急，你给我两天时间，我帮你想想办法。"李波反而很淡定，一副胸有成竹的样子。

"有什么办法？"赵鑫追问道，显然赵鑫并不想再等两天。

"告诉你等两天，你急什么？我什么时候骗过你？说了能帮你就是能帮你。"李波接连说了两个疑问句外加一个肯定句，想让赵鑫完全相信他。

"你还说帮我翻倍呢，这不也没翻成。"

赵鑫已然没有那么相信李波了，毕竟两百万全部输光了。

"行了行了，我还有别的计划，你给我两天，你先去接陈媛去吧。"

虽然不知道李波到底有什么计划，但赵鑫能感觉到李波的不耐烦。源于多年的友情，赵鑫再一次相信了李波。

五月二十日上午，赵鑫照常去别墅区接了陈媛。将陈媛送到上课的地方后，姐姐赵嫆就打来了电话。

"你在哪儿呢？"赵嫆的语气有些急促。

"呃，我……我刚刚把陈媛送到上课的地方。"

赵鑫嘴上在表述此时自己在做的事情，脑子里在构思如何向姐姐隐瞒输钱的事情。

"房本和营业执照呢？"赵嫆开门见山，没有一点绕弯，也不想给赵鑫思考说瞎话的时间。

"呃，我……我借用一下，姐你放心，我两天后就给你还回去。啊，就这样啊，姐，我还有点忙，先挂了。"

没想好瞎话怎么说的赵鑫只好匆忙挂断了电话。他心里依然相信李波可以在两天后帮他解决这个问题。姐姐的电话又打了过来，赵鑫挂掉了姐姐的电话，紧接着，姐夫的电话也打了过来，赵鑫看到是姐夫，赶忙接了起来。

"你在哪儿呢？"姐夫和姐姐问的第一句话一模一样。

"姐夫，我知道您想问什么，您给我两天时间，我一定会把房本和营业执照还回去的。"

赵鑫也没有绕弯，他明白姐夫和姐姐一定都知道这件事了，但他并不知道，他们俩知道这件事，是因为大虫哥去找了姐夫。

"两天？人家今天一早就来收房了。"姐夫对赵鑫所说的两天感到疑惑。

"啊？谁啊？真的假的？"赵鑫也没想到他们的动作会这么快。

"好像叫什么大虫哥，你先来厂里吧，我和你想办法解决。"

赵鑫不知道大虫哥和姐夫之间到底发生了什么。姐姐的电话再次打了进来，看着屏幕上显示的"姐姐"，赵鑫只好答应了姐夫。

"好，我马上到。"赵鑫挂了电话后，看了一眼未接电话，顺手就把姐姐的号码拉到了阻止来电的名单里。

这时，赵鑫收到了姐夫发来的一条信息："来的时候别走平时的那条路，可能会碰到那个大虫哥，按照我告诉你的路线走。"

信息下面接着发来了一张地图，是一条赵鑫从来都没走过的小路。赵鑫发动了汽车，向地图中的小路开去。

5

小路的路况并不太好，除了颠簸泥泞，还左拐右拐的。对于不熟悉路况的赵鑫而言，并没有比大路节省多少时间。历经艰难，好不容易将车开到了铜塑厂的门外。

赵鑫将车停好，走入铜塑厂内，一边往里走一边拨打了姐夫的电话。

"姐夫，我到了，在门口，刚进大门。"赵鑫如实向姐夫汇报了自己的位置。

"你往里走，到二楼我的办公室来。"

赵鑫向二楼望去,并没有看到姐夫的身影。

"哦,好的。"

挂了电话之后,赵鑫赶忙跑到了二楼的办公室。果然,办公室内空无一人。这时,赵鑫突然感到脑袋后面遭受了一下重击。紧接着他倒在了地上,什么也不知道了。

等赵鑫再醒来的时候,自己已经被姐夫捆绑在了一把椅子上。姐夫手里拿着刚刚用来击打赵鑫的铜器,坐在赵鑫对面。

"对不起啊,和你说话不多,刚想说一起解决点事,就先下手打了你。"姐夫向赵鑫表示了歉意。

"什么情况姐夫?你不是说要帮我吗?"赵鑫对眼前的一切充满了疑惑。

"我帮你?你把属于我的东西全偷走,去借了钱玩牌,还都输光了,你还有脸让我帮你?我怎么帮你?我拱手相送吗?还有你姐签的那个合同,你们俩是故意的吧?"姐夫张阳突然有些激动,一下子站了起来。

"姐夫,你听我说。"赵鑫并不想让问题变得复杂化,毕竟他心里还对李波抱有很大的希望。

"你不用说了,大虫哥和你那个朋友都跟我说了。你姐每天住着我的房子,跟那个陈韬混在一起我就不说什么了。你也跟陈韬的女儿混在一起,哦,没钱跟人家玩,就从我这儿偷钱。你那个朋友说你想傍大款,意思是你和你姐拿我这儿当你们俩傍大款的跳板是吧?"

张阳憋了一肚子的火,全都朝赵鑫发泄了出来。这并不是

赵鑫认识的姐夫，能看得出来，姐夫喝了不少酒。

"姐夫，不是你想的那样。"赵鑫极力想要平复姐夫的情绪。

"知道前几天陈韬家里发生了什么吗？"张阳又坐回了赵鑫的对面。

"陈韬家？不知道。"赵鑫突然想起来之前在陈韬家门口看到的警车，以为是隔壁的事情，就没太在意。

"陈韬的儿子被绑架了，绑匪拿走了两百万，听说提供绑匪的线索可以得到警方的悬赏。"

姐夫张阳将陈韬家发生的事情告诉了赵鑫。

"什么？"赵鑫对自己听到的一切表示惊讶，因为他完全没有从陈媛的表情中看到一丝波澜。

"对，所以，我觉得这就是一个好机会，可以帮到你的好机会。"姐夫张阳瞬间将话题转了回来。

"帮我？什么意思？"赵鑫十分疑惑，完全不知道陈韬的儿子被绑架和帮自己有什么关系。

姐夫张阳凑近了赵鑫，看了一眼手表，接着说："现在陈媛要下课了，我会开着你开的车，绑走陈媛，再勒索她爸两百万，接着我会向警方提供绑匪的线索，而你，就是那个绑匪。"

张阳说完之后，向赵鑫露出了个邪恶的微笑，随后便起身离开办公室，拿走了赵鑫的手机，把赵鑫一个人锁在了办公室。

无论赵鑫怎么呼喊，姐夫没有再回头，身影也很快在赵鑫的视野内消失了。

姐夫走了之后，赵鑫开始寻找可以脱身的方法。赵鑫一眼就看到了放在办公桌上的酒瓶。被绑在椅子上的赵鑫费力挪动到办公桌旁，背身拿起桌上的酒瓶摔在了地上。随后他用酒瓶的玻璃碎片割断了绳子。赵鑫把绑在身上的绳子一一清除，起身去开门，发现门被反锁，赶忙拿起了旁边的椅子，准备砸向办公室的玻璃，突然，赵鑫停下了手中的动作。

赵鑫发现楼下的大门也紧锁着，砸碎办公室的玻璃虽然很容易，但打开楼下的大门又是否能如此容易，赵鑫心里并没有把握。其次，赵鑫也并不知道这一切是不是姐夫设下的圈套，他昏迷的时候姐夫到底做了什么？大门的外面等待他的是不是警察？眼前的一切都是未知的。于是，赵鑫将椅子放了下来，重新将自己绑回原来的模样。赵鑫打算在这里静坐，直到亲眼看到警察找到这里，或者亲眼看到陈媛出现在这里。

果然，和赵鑫预判的一样，张阳的车回到了铜塑厂外。停好车后，张阳从后备箱里拖出了陈媛，将陈媛拖进了厂内。

赵鑫躲在二楼，透过玻璃看到了楼下的姐夫和陈媛。此时的陈媛并没有看到赵鑫。张阳一边跟陈媛唠叨着什么，一边把陈媛拖到了角落里，绑在了一根铁柱子上。赵鑫赶忙松开了假装绑在身上的绳子，拿起椅子要砸窗户。这时，赵鑫看到姐姐赵嫆冲了进来，和姐夫没说几句话，两人就扭打在了一起。显然，以姐夫的力量，姐姐和陈媛最终都得被控制，万一姐夫气急败坏，姐姐可能还有生命危险。赵鑫顺势扔出了手中的椅子，砸烂了玻璃，又顺手拿起办公桌上的玻璃烟灰缸，飞奔下楼，

朝着张阳的头部砸去。张阳应声倒地，赵嫆一脸惊恐地推开了压在自己身上的张阳，望着眼前的弟弟赵鑫。

"事情就是这样，我也没想到会变成这样。"

赵鑫把事情从头到尾跟姐姐说了一遍，包括为什么要偷走房本和营业执照去借钱，包括李波是怎么忽悠了他，还包括姐夫要绑架陈媛，然后嫁祸给他的计划。

陈媛站在赵鑫的身边，听到了整个事情的经过，心里觉得十分愧疚。如果不是自己对赵鑫说了那样的话，如果自己对赵鑫善良一些，赵鑫也不会做出这样的事情。同样，自己也就不会遭到张阳的绑架。

"都是我的错，是我的原因，我连累了你们。"陈媛突然感觉这一切看起来就像是自己的报应一样。

"你别这样说，是我的错，是我动的手，我一个人扛，不关你们俩的事。"

赵鑫觉得是自己要去借钱的，这跟陈媛无关，而且也是自己连累了陈媛被绑架，其实一切的错都在自己。如果再让陈媛和姐姐承担什么责任，那赵鑫的心里就太难受了。

"好了，你们俩都别说了。赵鑫你马上带陈媛离开，这里的事情我来处理。"赵嫆像是胸有成竹一般，似乎接下来要怎么办，她全都想好了。

"我带她离开？去哪儿？"赵鑫觉得此时自己已经无路可走，毕竟害了一条人命。

"去医院，然后你去把车处理掉。"因为看到了陈媛腿上的伤,赵熔脱口就说了"医院"。

"可是……姐……"

"好了,别说了,赶快走,越快越好。"

赵鑫刚想表达疑惑,就被姐姐斩钉截铁地打断了。姐姐的眼神凶狠中透露着坚定,又有一丝焦灼。赵鑫只好听了姐姐的话,赶忙带着陈媛离开了铜塑厂。

天色渐黑,赵鑫驾驶着那辆新能源商务车,直奔来时的那条小路。开着开着,赵鑫有些后悔,小路没有路灯,路况又不好。为了不耽误时间,赵鑫赶忙掉头,返回大路。

一路开到医院,放下陈媛之后,赵鑫又急急忙忙寻找处理掉这辆新能源商务车的办法。停在红灯处的赵鑫,看到了旁边公交车站的广告牌。广告牌上面写着:"沐河新区,沐河绿地城,独享河畔美景。"赵鑫突然想到了将车沉入河底的办法,沐河新区还是个新的开发区,人烟稀少,也不会有人看到他沉车。红灯跳绿灯,赵鑫松开刹车,踩下油门,向沐河开去。

天逐渐变亮,赵鑫特意开到了沐河新区一处偏僻的地方,将车沉入河底。又在河边找了一辆公共自行车,向市区骑去。

中午过后,赵鑫终于骑回了医院。锁好公共自行车后,赵鑫找了一家小饭馆,点了一碗面,吃了起来。吃完面之后,赵鑫向医院走去。

来到医院的赵鑫,询问到了陈媛所在的病房。来到病房门口,赵鑫停下了脚步,听到了病房内有其他人询问陈媛的声音。

"赵鑫现在在哪儿？"闫京转过身来，望向陈媛。

听到声音的赵鑫无法确认里面的人到底是什么人，或许是警察，或许是大虫哥的人，他不知道该不该进去，又觉得暂时避一避应该是最好的办法。

赵鑫悄悄转身，蹑手蹑脚地离开病房门口，不料碰到了旁边的垃圾桶。铁皮垃圾桶猛然倒地，发出"咣当"的声响。赵鑫迅速坐在了走廊的凳子上，顺手拿了一份旁边宣传栏里的报纸，半遮着脸，假装看了起来。

这时，闫京和邓德翔拉开了门，向走廊里望去。赵鑫的眼神不敢望向他们，生怕自己被发现。只见闫京和邓德翔交流了几句，便转身回到了病房。病房的门渐渐关上。赵鑫趁机扔下报纸，起身就跑。闫京赶忙拉开门，迅速追了出去，邓德翔紧随其后。

跑进楼道的赵鑫，透过窗户看到医院外的警员正在向医院大门靠拢，便立即掉头，向医院的天台跑去。闫京也一路紧跟赵鑫，来到了天台。用力顶开大门的闫京，看到了站在眼前的赵鑫，也正是监控截图中开车的赵鑫。

"赵鑫吧？你跑什么跑？"闫京一边喘气一边问道。不一会儿，几名警员也纷纷来到了天台。

赵鑫看到无路可走，便站在了天台的边缘，做出了要跳楼的架势。

"你们别过来！"赵鑫大喊了一声，几名警员停下了脚步。

"赵鑫你别乱来啊，你知不知道，你姐和陈媛都护着你？"

闫京上前几步,指着赵鑫大声说道。听到闫京说姐姐和陈媛都护着自己,赵鑫愣了一下。

"你什么意思?她们护着我是什么意思?"赵鑫想要知道更具体的情况。

"简单跟你说,早上铜塑厂死了个人,你姐的老板自首了,说死的是绑架他女儿的绑匪。你姐又说你姐夫绑架了陈媛,陈媛又说是她误杀了你姐夫。现在你突然出现了,还拔腿就跑,这么看来,她们是不是都护着你呢?"

闫京将整件事简单叙述给了赵鑫,虽然闫京不知道真相到底是什么,但面对此时情绪无比激动的赵鑫,闫京心里能猜到,赵鑫的身上一定有不可告人的秘密。

"你别听她们的,这一切都是因为我,是我偷了我姐夫的房本和营业执照,欠了钱,也是我害得陈媛被绑架,最终也是我误杀了我姐夫。"

本来还想毁车灭迹、保守秘密的赵鑫,听到姐姐和陈媛都护着他的时候,破防了。虽然赵鑫从来都是一个没主意的人,但他的内心对于当缩头乌龟这件事是完全抗拒的。他绝不能接受自己最爱的姐姐赵熔、最喜欢的女孩陈媛挡在他前面。如果真的要挡,赵鑫愿意站出来,挡在她们前面。这可能是他第一次有了自己的主意,这份勇气源于他对姐姐和陈媛的爱。

"你们一个个都说是自己做的,证据呢?"

听了一天讲述的闫京,已经对"我是凶手"这句话感到厌倦了,此时的闫京更想看到实实在在的证据。

赵鑫将挂在脖子上、隐藏在衣领里的一个微型运动摄影机拿了出来,这是大楠曾经送给赵鑫的礼物。

"都在里面呢。打人的时候,沉车的地点,都有录。砸我姐夫的烟灰缸就在车上。"

赵鑫说完之后,将微型运动摄影机扔给了闫京。闫京一把接住了微型摄影机。

"你先下来,下来回去说。"闫京想把赵鑫劝下天台的边缘,几名警员纷纷向前走了几步,想找机会把赵鑫拉下来。

"我不下去了,我不想面对我姐和陈嫒。我不想看到她们因为再也无法保护我而感到难过的样子。事情都是因我而起,她们还能如此保护我,我已经知足了。很感恩她们,就不给大伙添乱了。"

说完之后,赵鑫毫不犹豫地从医院的天台跳了下去。赶忙冲上去的闫京也没能拉住赵鑫,一条年轻的生命就这样逝去了……

[第六章]

企业家的司机·真相!

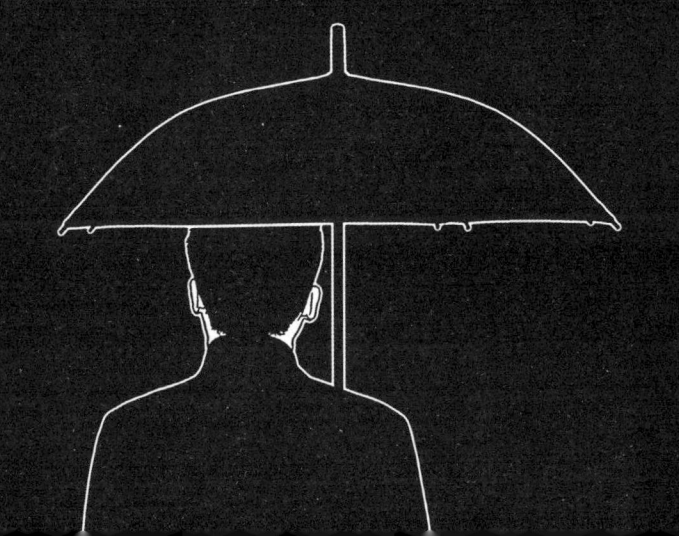

1

五月二十一日傍晚，拿到微型摄影机的闫京按照录像中的线索，很快找到了那辆黑色新能源商务车。同时，在车内也找到了被塑料袋包裹着的、粘有赵鑫的指纹和张阳的血渍的玻璃烟灰缸。面对眼前的证据，以及赵鑫的死讯，陈媛和赵熔悲痛万分。陈韬也说出了实话。

原来，当天晚上赵鑫和陈媛走后，接到绑匪电话的陈韬就赶到了铜塑厂。因为赵鑫和陈媛刚开始走了小路，刚好和走大路的陈韬错开了，所以谁也没有看见谁。

来到铜塑厂的陈韬，看到了已经死亡的张阳，通过赵熔得知了真实的情况。陈韬向赵熔表示自己来处理，随后，他让赵熔也尽快离开铜塑厂。赵熔以为陈韬有更好的办法，便相信了他。但赵熔没想到的是，陈韬第二天一早竟然投案自首了。

"所以，为什么要自首？"听到这里，闫京觉得陈韬选择自首一定有原因。

"为了唐川。我想，这应该是一个很好的为他掩护的机会。"

陈韬沉默了片刻，把心里的实话说了出来。

"一个绑架你儿子的人,你为什么要掩护他?唐川现在在哪儿?"

闫京完全不能理解陈韬话中的意思。

"我不知道他在哪儿,但我知道他为什么绑架我儿子。"

陈韬的话让闫京陷入了沉思,显然陈韬的心里对唐川是愧疚的。

唐川是陈韬的司机,并没有被陈韬开除。在给陈韬当司机之前,唐川也有过一段属于自己的传奇经历。

唐川出生在西山市,家庭条件普通,父母都是老实人,一辈子勤奋努力,没有坑害过谁。

唐川的父亲唐龙年轻时是开服装店的,跟唐川的母亲是同一家商场的摊位租户。两人谈了恋爱之后,就把两个摊位合并到了一起,省了一份摊位费。

唐龙年轻时爱闯荡,不安于现状,卖服装赚了点钱,就想着去大城市做点大买卖。唐龙把想要去大城市闯荡的想法告诉了唐川的母亲。唐川的母亲点头答应,但自己却决定留下来守着服装店。唐龙声称赚到了钱就一定回来娶唐川的母亲。没想到一年后,唐龙就把钱赔光了。回到西山市之后,唐龙却看到唐川的母亲依然等着他,服装店被经营得如火如荼。唐龙很是感动,热泪盈眶,决定再也不出去闯荡了,很快就娶了唐川的母亲,决心踏踏实实过日子。

后来网络购物兴起,唐龙的服装店越来越不景气了。唐龙只好和妻子关闭了服装店,另谋生路。一天傍晚,唐龙的同学

组织聚会，唐龙带着妻子一同参加，晚上吃完饭又去了KTV唱歌，唱完歌出来之后已经是凌晨。唐龙和妻子决定打车回家，却无意中听到路边有人闲聊，声称要是KTV外面有卖夜宵的就好了。唐龙突然觉得这是一个商机，于是投资了千元，定做了一个不锈钢小餐车，每天晚上在各大KTV附近流动卖消夜。为了省时省事，方便自己的同时也方便客人，唐龙和妻子的消夜摊只卖炒方便面，其他什么都没有。就这样，唐龙的炒方便面在KTV门口逐渐火了起来。一开始是排队买，后来变成了送餐上门，唐龙兜里的钱也逐渐多了起来。

唐龙和妻子就靠着卖服装和卖炒方便面，省吃俭用，倾其所有，把儿子唐川送到了国外读书。唐龙和儿子唐川的交流很少。两人说过的话，如果写在纸上，十年也写不出一页纸来。但是唐龙对儿子的关心总是默默放在心里，自己能做到多少就一定会尽全力做到多少。而对儿子的关爱更是默默放在心里，总觉得很多事情不需要沟通，只要自己为儿子付出了就可以了。

留学归来的唐川，想要回西山市创业，便加入了一个西山市的海归们自发组织的海归协会，还因此认识了一个自称也想要创业的朋友小六。

小六跟唐川建议，除了两人合伙之外，还可以众筹，这是他从一个外国朋友那里学来的经商方法。所谓的众筹模式，就是小六与唐川各出30%的股份，剩下的40%分为10股众筹，每股4%，放出去让他人购买。这样一来，不仅能减轻大股东的出资压力，还可以让众筹股东拉拢客源，扩大经营。

在小六的提议下，唐川拿出了自己的所有积蓄，外加父母给的一部分钱，跟小六合伙开了一家大型餐饮企业。没想到小六早有预谋，不仅让唐川当了法人，还趁机拖欠了房租和装修费用，一毛钱没出，卷走了众筹股东们的所有钱款，消失得无影无踪。而抓瞎的唐川才反应过来，自己和小六连个合伙的合同都没签过，自己扎扎实实成了一个欺骗众筹股东钱款的唯一法人。

跌入人生低谷的唐川，想尽一切办法退还众筹股东的钱款，四处找工作但又处处碰壁，自信心大受打击的唐川只好临时当起了出租车司机。

唐川和别人合伙包了一辆出租车，一个人跑白天，一个人跑晚上。偶然间，唐川拉到一个心情难过的女乘客。为了让女乘客缓解心情，唐川把自己的悲惨遭遇讲给了女乘客听，希望女乘客能够明白，其实悲惨的事情会发生在任何一个人身上，它的降临也是人生成长的关键推动力。遇到悲惨的事情，不要气馁，要鼓起勇气向前看。挺过艰难，就会看到曙光。女乘客被唐川打动，给了唐川一个电话号码，告诉唐川晚上打这个电话，会有人帮他。这个女乘客并不是别人，正是陈韬的第一任妻子。坐唐川车的时候，正是她和陈韬刚离婚的时候。

女乘客下车后就给陈韬打了电话，把唐川的事情拜托给了他。陈韬心里明白自己对不住前妻，便答应了下来。于是，在陈韬的安排下，唐川成了陈韬的司机，工资要远比当一个出租车司机高得多。但唐川赚到手里的钱和自己欠的钱相比，依旧是杯水车薪。

唐龙听儿子说陈韬对他很好,便一直想邀请陈韬吃顿饭,当面表示感谢。邀约了几次,陈韬觉得实在不忍心拒绝了,便前去和唐龙相见。没想到两人聊得甚好,相互之间都有一种相见恨晚的感觉。就这样,陈韬和唐龙成了好友。儿子欠钱是唐龙的心事,也逐渐成了陈韬的心事。

没过多久,陈韬的一个朋友来找陈韬,提出了想跟陈韬合作开一家养老院的想法。

"我想把养老院开在东山市,毕竟东山市没有西山市这么热闹,适合养老。"

这位朋友看起来很是沉稳,似乎对所有的计划很有把握。

"那你想怎么合作呢?"陈韬追问道。

"咱俩担任大股东,但咱俩的股份只有30%,你占16%,担任法人,我占14%,其余的70%都放出去卖给小股东众筹。单个小股东的持股比例不能超过大股东。也就是说单个小股东的股份最多可以和我对等,占14%,但不能超过我。"

朋友把计划讲给了陈韬听。

"嗯,我以前有朋友这样做过,但听说欠了钱,参与众筹的股东也闹得很凶。"

陈韬突然想起唐龙给自己讲过的事情。唐龙并没有讲得特别详细,陈韬也只是知道参与众筹的股东在追着唐川要钱,并不知道其中细节。

"那肯定是他们大股东对参与众筹的股东有所图,想让人家拉客源来着,结果没拉成,大股东失败了,小股东也不想白搭,对不对?"

这位朋友反应迅速,立即破解了失败的原因。

"似乎是这么回事,那咱们没有所图的话,小股东从哪儿找呢?"

陈韬突然想起来,唐龙好像也提过一嘴,当时想让参与众筹的股东拉客源的事情。

"咱们的当然就不一样了,咱们参与众筹的股东就是我们的客源,不需要他们找客源。他们本身就是老年人,入股之后除了是股东,还可以免费入住咱们的养老院。又能分红又能住,岂不是两全其美。况且,咱们的总投资是300万,每一个股东只占股1%的话,那就是3万块,万一出现什么亏损,找麻烦的概率应该不大。"

这位朋友随后把自己的计划讲得更加详细了一些。陈韬听得频频点头,思索了片刻,和他达成了合作。

陈韬很快把这个众筹养老院的事情讲给了唐龙听,他觉得这件事对唐龙来说应该是件好事,唐龙来当众筹的人也合适。

"可我觉得投入3万块钱太少了。养老院的前景很好,投入的少,赚得肯定也少,一年才分几千块的话,意义不大。如果能买更多股,那还是不错的。"

唐龙听了之后,觉得有些为难,毕竟陈韬也是一片好意,投入得少确实也赚不了太多钱。

"我们原则上是一个人持股不允许超过14%,也就是42万。嗯,这样吧,你和你妻子按照两个人的名字买,最多各买

42万,总共84万,这样其实你们俩合起来就占24%,能分到将来大约四分之一的利润。但你们俩是一家这件事,一定要保密,只能咱们俩知道。"

陈韬帮唐龙出了一个新的主意,也是希望能够帮唐龙赚到更多的钱来解决困难。而84万对于唐龙的家庭来说,简直就是个天文数字。唐龙只好背着妻子开始四处找朋友借钱。

唐龙这一借钱,大家就都知道了众筹开养老院的事,有几个朋友也想入股。因为借给了唐龙钱,朋友们向唐龙提出了想要多入股的想法。唐龙不想麻烦陈韬,便私下和朋友们签订了协议——想要多入股的话只能以唐龙的名义入,他私下会把多出来的分红分给借钱的朋友。很快,唐龙便凑齐了84万,以自己和妻子的名义各按照14%入股。其实这里面除了唐龙的钱,还有朋友借给唐龙的一部分钱。这事陈韬并不知道,唐龙的儿子唐川也不知道。随后,唐龙还给陈韬找来了其他想要入股的股东,很快,70%的众筹股份所剩无几,唐龙拉来的人就基本占了60%,大概有180万。

在陈韬、唐龙以及陈韬的朋友合伙入股下,养老院很快进入了启动阶段。令陈韬没想到的是,和陈韬合伙的这位朋友突然撤股了。理由是陈韬违约了,欺骗了他。唐龙和妻子根本就是一家人,被陈韬的朋友查了出来。陈韬的朋友卷走了所有的余款,声称是陈韬对自己投入的赔偿,随后消失得无影无踪。

唐龙听说之后找到了陈韬,希望能归还自己及拉来的朋友们投入的资金,大约180万。陈韬不太想动用自己的钱,便让唐龙再等一等，他需要去法院起诉那位卷钱跑掉的朋友，所有的钱款都会被追回的。

唐龙也许能等，但唐龙的朋友们肯定是等不了的。他们看到养老院项目停工了，就以为这是个骗局，到唐龙家里索要钱款。来要钱的，除了唐龙的朋友，还有棋牌馆的大虫哥和李波。原来，想要多赚钱的唐龙，不舍得把众筹的事情告诉更多的人，于是托朋友的关系找到了大虫哥，以房屋抵押的形式从大虫哥那里借了钱，紧接着又花钱租用了一些流浪汉的身份证，以他们的名义购买了养老院的股份，并和他们签订了股权归属唐龙的协议。

唐龙所有的秘密终于毫无保留地展现在了儿子唐川和妻子的面前。眼下儿子还欠着之前众筹的钱款，老公又雪上加霜背负了百万外债。近200万的欠款像一座大山，将这个家庭彻底压垮了。妻子因此突发高血压，被送进了医院，此时交不上住院费的唐龙只好又去求助朋友。

唐川前去找老板陈韬协商，希望陈韬能够尽快帮助他们跳出这个大坑。因为唐川很清楚，以陈韬的实力，这并不是什么大事。然而陈韬此时也觉得自己被欺骗了，正在气头上，就跟唐川发了火，呵斥唐川没有耐心等待。

最终，被陈韬点燃怒火的唐川绑架了陈韬的儿子，索要200万赎金。但唐川并没有想撕票，因为唐川根本不知道陈韬的儿子吃花生会过敏。

当陈韬得知绑匪是唐川的时候，内心很懊悔。他觉得自己已经很对不住唐川了,以后唐川再因此被捕,自己的心里一定会愧疚一辈子。于是,陈韬故意向闫京撒了谎,声称唐川跑到他家要杀他,因为他喊了救命,所以唐川逃走了。陈韬还特意描述了唐川当时穿着绿色上衣、灰色裤子,成功引开了闫京,为唐川争取了更多的逃亡时间。

但陈韬总觉得唐川这样逃亡下去也不是个办法。终于,遇到了女儿被绑架的事情,陈韬灵机一动,向赵嫆声称自己来解决一切。赵嫆离开之后,陈韬焚烧了张阳的尸体,隐瞒了张阳的身份,想以此来帮助唐川彻底脱罪。

闫京总觉得养老院项目听起来有点耳熟,但一时也没想起来在哪儿听过。当闫京拿到陈韬养老院项目的众筹名单时,他露出了吃惊的表情。闫京父亲的名字赫然在列。原来,唐龙最早找的那位借给他钱和他一起入股的朋友就是闫京的父亲,而唐龙的妻子突发高血压被送到医院的时候,站出来帮唐龙凑钱的那位朋友,也是闫京的父亲。而闫京收到母亲发来的那份被害人联合签名的请愿书上也写着唐龙的名字。

闫京赶忙打电话给母亲,询问情况。

"妈,你在哪儿呢?"闫京的语气有些着急。

"啊?我在家呢。"母亲被闫京突如其来的问题问得一头雾水。

"我说您前一段时间在哪儿呢?有没有见唐龙?"

闫京觉得唐龙已经在陈韬儿子被绑架时意外身亡了,而这个消息从来没有向任何人透露过。只有唐川当时应该是看到了,如果母亲也知道，那说明母亲和唐川在第一起绑架案之后一定见过面。

"唐龙？怎么突然问唐龙？是从我给你的那份请愿书上看到的吗？我正要跟你说呢，我们的钱追回来啦。不用麻烦你了。唐龙的妻子病了，一直是我和你爸帮忙照看来着，还垫了住院费。今天他儿子来医院还了钱，接走了他妈，还把之前你爸入股的钱也退了。"

母亲把发生的情况完完整整地讲给了闫京听。

"他儿子现在在哪儿呢？"闫京追问道。

"走了啊，带着他妈一起走了，他说他爸回老家了，他们也要回趟老家。"

刹那间，闫京以为"他爸回老家了"的意思，就是唐川要带着母亲回父亲的老家，为了料理父亲的后事。可唐龙本来就是西山市人，唐龙父母的老家也没有认识唐龙的亲戚了。回唐龙的老家根本是件毫无意义的事情。

闫京调查了唐川母亲的身份信息，发现唐川母亲的户口改签过。虽然身份证上面写着西山市，但按照身份证号码便可以查到唐川母亲的真正出生地。出生地就在离西山市不远的东山市，这大概也是唐龙最初会对东山养老院项目动心而想要入股的真正原因。

2

闫京带队马上前往东山市唐川母亲的老家。与此同时，邓

德翔和佟琳也赶往隐藏在旱冰场的棋牌馆,抓捕大虫哥。

邓德翔正要出发的时候,接到了商业街派出所小何警官的电话。原来,商业街派出所的民警盯上大虫哥已经很久了。小何警官正是坐在旱冰场角落里的那个男人。

小何怀念中学时候在那个旱冰场里滑旱冰的时光,确实也是真的。那是小何读初一的时候,班主任为了缓解大家的学习压力,组织大家一起去滑旱冰。班主任的这个主意还要源于一名上课迟到的女同学。女同学声称家里的旱冰场晚上有活动,结束营业后打扫卫生到凌晨,所以早晨就起晚了。为了验证女同学没有说谎,放学后,班主任跟着女同学亲自去了一趟老商业街的这家旱冰场。女同学的哥哥接待了班主任,听说来的人是自己妹妹的班主任,他为了妹妹,决定请全班同学免费滑旱冰。于是,就有了这次全班集体滑旱冰的活动。

在很多同学看来,这简直是一件天大的好事,但对于小何来说这却让他犯了难。小何天生胆小、内向,不善于和同学们聊天,也不喜欢参加集体活动,更别说一起去滑旱冰了。除了不会滑,他的心里还害怕受到同学们的嘲笑。

周末,同学们按照约定的时间相聚在旱冰场。全班同学也第一次感受到女同学是全场的焦点。因为天天在旱冰场帮忙,女同学滑旱冰的技术早已是炉火纯青。原来,能吸引众人眼球的并不只是女同学漂亮的样貌,还有她那令人瞠目结舌的滑旱冰技巧。

女同学并不喜欢和这些称赞她的人凑热闹,她看出了坐在角落里的小何似乎很难融入集体。女同学特意上前，主动和小何打了招呼，并且帮助小何练习了最基本的滑旱冰技巧。小何由于受到女同学的青睐，引得众男生心生羡慕，纷纷跑来讨好小何，一瞬间都希望和小何成为最好的兄弟。小何突然感受到了从来没有感受过的温暖。而这份温暖的根源，就是这位女同学。也可以说，是这位女同学改变了小何的一生。

后来的小何逐渐变得开朗，毕业后当了警察。他平时热心帮助群众，总会想起自己的初中女同学，但早已和女同学失去了联系。为了回忆当年的自己，小何又来到了当年的旱冰场，却发现里面十分怪异，办公室的门后似乎隐藏着不可告人的秘密。

小何警官把自己发现的异样情况报告给了自己的领导。领导马上带队前往旱冰场。当派出所的民警到达旱冰场的时候，办公室的门后却是一副饭店的模样，桌子上有酒有菜，还有客人正在看着菜单点菜。大虫哥满脸堆笑迎了上来，说："旱冰场生意不好，就在里面开了这家私房菜馆，起初没想赚钱，只是为了朋友们能来聚一聚，所以也没来得及办营业执照，随后一定会去补办。"

派出所的领导绕着办公室走了一圈，发现这里有包间、有大厅、有厨房，一切看起来都只不过是个餐馆的模样，于是便只好收队了。小何警官也因此受到了领导的批评。

心里不服气的小何从此硬是成了旱冰场的钉子户，每天都要去旱冰场里坐一坐，心中发誓一定要找出有力的证据。

终于，功夫不负有心人。一次趁着大虫哥出门，小何混入

201

棋牌馆，偷偷拍下了棋牌馆中的画面。拿到证据的小何再次向领导汇报。而此时的大虫哥看到了陈韬在网上发布的自首视频，惊奇地发现视频里出现的地方居然是赵鑫姐夫的铜塑厂。大虫哥马上打电话给赵鑫和张阳，却都已无法接通，紧接着打给唐川，也无法接通。预感不妙的大虫哥准备和李波逃跑，却被小何警官堵在了旱冰场的门口。

坐在派出所审讯室的大虫哥说："玩牌只不过是最近一两天的事，刚巧被小何警官拍到了，而且都是朋友来玩，自己并没有抽水，以前那里就是餐馆，而自己做的资金借贷签的合同、收的利息也都是合法的。"

小何警官一时确实很难拿出其他证据。搜查了大虫哥的棋牌馆后，他发现了张阳的营业执照和房本，以及唐龙的房本。小何警官马上联系了市局刑侦支队，接电话的正是邓德翔。

邓德翔的到来也帮了小何警官的大忙。大虫哥和李波都没想到，在赵鑫留下的微型运动摄影机里，录了很多他们俩之前的对话，以及棋牌馆里的画面。面对证据，大虫哥只好供认不讳。

得知赵鑫的死讯，李波悲痛万分，同时也说出了把赵鑫拉入赌局的真实原因。

"他给了我钱，我没有办法，我缺钱。"

李波的父亲早年来西山市打工，和大虫哥一直是好朋友。后来大虫哥开了棋牌馆，李波的父亲就一直跟着大虫哥在棋牌馆帮忙。李波的父亲平时没什么爱好，就是喜欢喝酒，赚的钱也都请朋友喝了酒。结果，因为天天喝酒，突发疾病，突然离世。知道李波的父亲没有钱，大虫哥也为李波的父亲垫付了不少医药费和抢救的费用。后来大虫哥给李波的母亲打电话，告知了李波父亲去世的消息，并且希望能够要回自己垫付的费用。而李波的母亲并没有什么钱，便提出让儿子李波前去西山市跟着大虫哥打工还债的主意。大虫哥只好答应。

"谁给了你钱？"邓德翔追问道。

"唐龙的儿子吧，我不知道他叫什么，他爸从大虫哥那儿借过钱。就前几天，他找的我们……"

"哪一天？"李波的话被邓德翔打断。

"呃……五月十三日傍晚，他突然说要还钱，叫我和大虫哥去吃饭。大虫哥在外面有事，我又不想自己去，就给赵鑫打了电话，让赵鑫跟我去。到那儿以后他又说不还钱了，可以签合约把房子转给大虫哥。然后他看到我认识赵鑫，又私下跟我说可以给我钱，让我利用赵鑫，把赵鑫他姐夫的营业执照弄到手。所以我给赵鑫出了主意，让赵鑫拿营业执照和房本抵押贷款，引他进了这个局。但他要铜塑厂的营业执照干什么我也不知道，他后来也没说。在赵鑫输光了钱之后，他又让我和大虫哥马上去铜塑厂找厂长张阳，把营业执照和房本被抵押的事情告诉他。要不是他打电话催促，本来我们是没那么急着要去铜塑厂的。没想到我们刚去完铜塑厂，铜塑厂就出事了，其他的我就真不知道了。"

李波思索了片刻，把自己知道的真实情况都告诉了邓德翔。

邓德翔立刻给闫京打了电话，汇报了李波交代的情况，并且他根据大虫哥和李波提供的唐川的另一个电话号码，找到了唐川在东山市电话信号出现过的定位，将位置信息第一时间发给了闫京。

此时的闫京正坐在车内，来到了位置信息中的东山市唐川母亲家的附近。听了邓德翔的讲述，闫京脑海中的疑问又多了一个，到底唐川为什么要这么做。事情变得越来越扑朔迷离了。闫京正在思考的间隙，唐川从楼道口走了出来。闫京赶忙下车跟了上去。

唐川在不远处的小卖部门口停下了脚步，跟小卖部的老板攀谈起来。闫京也顺势停下了脚步，蹲在路边挑起了路边摆摊卖的苹果。披着一件破外套，头发有点乱的闫京向摊主询问苹果的价格。此时没有任何人能通过闫京的形象识别出他的身份，自然也不会有人对闫京保持警惕，包括听到闫京的声音便扭头看了一眼的唐川。

闫京佯装淡定，一边和水果摊摊主闲聊，一边向守在马路对面和守在自己旁边的便衣警员使眼色。

在小卖部买了鸡蛋和方便面的唐川，为了不留下自己的信息痕迹，特意给了小卖部老板一张一百元的现金。因为太久没用现金，他忘记了找钱的事情，给完钱转头就要走。小卖部老板赶忙追了出来，大喊着"欸，找钱"。就在唐川回头的一刹那，闫京将外套一甩，抛到空中，自己飞身向唐川扑了过去。本来就被小卖部老板吸引了注意力，紧接着又有一件破外套向自己的头顶飞来，唐川还没来得及反应，就被闫京扑倒在地。守在旁边的警员们也蜂拥而上，将唐川控制住。

抓捕唐川并没有闫京想象的那么难。唐川自己也没有想到闫京会来得这么快。他跟闫京说他的母亲刚出院，希望闫京先别告诉他母亲他被抓捕的事情。闫京答应了唐川。唐川接着又恳求闫京，他父亲去世的消息也不要告诉他母亲。

唐川的母亲到现在知道的事情并不多，除了丈夫唐龙和儿子唐川欠债近两百万，家里的房屋已经被抵押出去外，其余的一无所知。唐川把母亲从医院里接出来的时候，谎称父亲卖了房子还债，其余的部分父亲去想办法了，让母亲放心，随后便独自带母亲回老家养病、散心。

唐川和母亲同时被闫京带回了西山市。为了不让唐川的母亲情绪激动再犯高血压，闫京谎称自己是唐川的朋友，要帮助唐川解决债务的问题，需要唐川回西山市办理一些相关事宜。唐川的母亲被暂时安顿回了家里，由闫京派的警员二十四小时照看。而唐川被带回市局进行进一步的审讯。

"陈韬的儿子死了？"坐在审讯室的唐川看到眼前的证据中陈韬儿子的死讯，露出了诧异的表情。

"对。"闫京给出了肯定的答复。

"可我没有杀他。"唐川的确没有想要害死陈韬的儿子，绑架的初心不过是想把他父亲的钱拿回来。

"没人说是你杀的，你慌什么？"

闫京看到突然慌了神儿的唐川和被捕时淡定的他简直判若

两人，闫京突然有种很反感的感觉。

"那他为什么死了？"唐川追问了一句。

"你给他买了什么？"闫京抬头望着唐川。

"面包和零食。"唐川回忆了一下，答道。

"没有花生？"闫京追问了一句。

"哦，有花生，花生是我买来吃的，本来不是给他的，我走的时候放桌上了，没拿走。"

唐川突然想起自己给陈韬儿子买食物的时候，顺便买了一袋花生和一瓶啤酒。啤酒喝完了，剩下的花生放在了桌上。

"嗯，他吃了花生过敏了，引起了急性喉水肿，窒息而亡。"闫京把陈韬儿子的死因告诉了唐川。

唐川听了之后沉默了片刻，虽然没有说话，闫京却观察到唐川的双手一直在微微颤抖。闫京刚要问，唐川突然开了口。

"我本来没有想伤害任何人，陈韬弄了个养老院项目，骗走了我爸的钱，我想拿回来。我知道他有钱，他能承担得起，但他就是不掏钱。我爸这边又是借朋友的钱，又是抵押房子借钱，眼看我和我妈都要露宿街头了，陈韬就是不管，愣是让我们等他跟别人打完官司再说。我就很生气，他跟别人打官司，关我们什么事？他那个合伙人我们都没见过。谁知道陈韬是不是和他的合伙人联合起来演戏骗钱呢。"

唐川说了一大段心里话，闫京并没有打断他。

"所以，你只是想绑架他儿子，拿回钱，然后再把他儿子平安送回去？"闫京顺着唐川的思路，提出了疑问。

"对。原本我觉得这就是我和陈韬之间的事，反正我又没伤害他儿子，他还钱也是应该的。事后他见到了他儿子，也不能再让警察抓我。只是，没想到这件事被我爸发现了。"

唐川给出了肯定的答复，当提到他父亲的时候，他突然停顿了。

"唐川，陈韬骗你父亲钱，是他不对，你可以通过法律途径追回。但你绑架别人，就是在犯罪，从你绑架他儿子开始，这就已经不是你和陈韬之间的事了。"

闫京说了一半，注意到唐川在默默流泪。闫京起身，递了一张纸巾给唐川。

"我想知道两件事，第一，你父亲发现了什么？为什么要自杀？第二，你为什么要把赵鑫和张阳他们拉进来？"

因为手被铐在了审讯椅上，唐川俯下身体，拿纸巾擦拭了一下眼泪。

"因为我爸大概以为他死了，一切的罪就都可以放在他身上了吧。其实，这也是我拉赵鑫和张阳进来的原因……"

3

唐川平时除了给陈韬开车，做得最多的事就是帮陈韬照看他五岁的儿子。陈韬忙于工作的时候总是喜欢把儿子托付给唐川。没带过孩子的唐川只好问陈韬的儿子喜欢什么，没想到小朋友竟然声称自己的爱好就是吃零食。于是，每次要见陈韬儿子的时候，唐川总会买很多零食，每次买的零食都是陈韬儿子

平时最爱吃的。唐川从来没有买过花生之类的食物,也并不知道陈韬的儿子吃花生会过敏。所以,唐川只要一买零食,唐龙就明白一定是要去见陈韬的儿子了。

以唐川和陈韬儿子的相熟程度,唐川想要悄悄带走陈韬的儿子并不是一件难事。只是陈韬万万没想到绑匪会是唐川,毕竟陈韬觉得自己对唐川也不差。除了工资,还管一天三顿饭,还给唐川安排了员工宿舍。毕竟唐川也确实不是自己公司特别需要的人,只是陈韬因为答应了前妻的请求而已。

可唐川并不这么认为,他觉得自己好歹也是个海归,当司机简直是忍辱负重。拿那么一点工资,有时候还要帮陈韬当翻译,心里很是憋屈。唐川向陈韬提出过想要转岗的想法,但被陈韬回绝了。唐川声称自己也算是有创业经验的,而陈韬认为唐川有的也是创业失败的经验,跟着他做司机也可以慢慢学习。其实陈韬是好心的,在锻炼唐川的耐心,而唐川却不领情,心里是不服的。他觉得要不是自己落难,一分钱都没有了,或许干不了两天就辞职了。

目前的唐川只能咬牙强忍,平时和陈韬的儿子互动大多也只是为了调节自己的心情。没想到父亲借来的钱全被陈韬忽悠走了,和自己之前的遭遇如出一辙,突然就激起了唐川内心压抑了许久的愤怒,有来自陈韬的,也有来自小六的。

一瞬间,唐川认为陈韬很可能就是故意的,故意骗了自己的父亲,故意毁了他的家庭,压着不让转岗,就是为了将来好踢掉他这个司机。唐川下定决心,他必须要在短时间内拿回被骗走的钱。陈韬的软肋似乎只有他的儿子,但唐川打心底里并不想伤害陈韬的儿子。思考了很久,唐川终于下定决心,计划悄悄带走陈韬的儿子,以假绑架的形式把属于自己的钱骗回来,之后再悄悄把陈韬的儿子送回去。

五月十三日,陈韬的儿子失踪后,陈韬首先联系了唐川,得知儿子不在唐川身边后,陈韬才报了警。与此同时,唐龙给陈韬打来电话,却没有打通,转头看见回到家的唐川手里提着一大袋零食。

唐川在家里寻找着什么,随后慌慌张张地出门了。唐龙追问唐川要去哪儿,唐川也没有回答。唐龙觉得事情有些蹊跷,随后也出了门,悄悄跟在唐川的后面。唐龙跟到了砖窑村附近。唐川一拐弯不见了,唐龙只好在砖窑村外的路口等着。

刚刚给陈韬打完视频电话的唐川,放下零食以及自己买的一瓶啤酒和花生,安顿好了陈韬的儿子,从出租屋走了出来,准备去和陈韬碰面。没想到在路口碰到了自己的父亲唐龙。唐龙把自己的摩托车堵在了路口。

"你鬼鬼祟祟的在干什么?孩子呢?"唐龙一把抓住了唐川,追问道。

看见唐川吃惊的表情,唐龙觉得唐川的心里一定藏了什么秘密。

"什么孩子?我不知道你在说什么?你怎么在这儿呢?"唐川假装什么都不知道,还反问父亲。

"你是不是绑架了陈韬的儿子?"唐龙其实并不确定自己

说的这句话是否属实，着急说出来只是为了试探一下唐川。

在刚刚等唐川的时候，唐龙再一次拨打了陈韬的电话，电话接通后，陈韬说自己的儿子出事了，随后会给唐龙回电话，说完便匆匆挂断了电话。于是，唐龙便猜测，陈韬儿子的事情十有八九跟唐川有关。而唐川绑架陈韬儿子的原因，唐龙自然也猜得到。

"你怎么知道？"唐川听到父亲唐龙的问话之后，一脸惊愕地望着父亲。

"你怎么这么愚蠢，你这是在犯罪呀！"唐龙的猜测得到了证实，心里咯噔了一下。如果儿子犯了绑架罪，一辈子就毁了，这比自己欠债可怕多了。唐川一把推开了父亲。

"我愚蠢？爸，您借钱参与众筹这事就不愚蠢？对，我以前是挺愚蠢的，也让别人骗过，但您怎么就没从我这儿吸取点教训呢？我犯什么罪？我一没偷二没抢，我也没强行带走他儿子，更没伤害他儿子。我只不过是没告诉他而已。我好吃好喝伺候着他儿子，我这叫犯罪？"

儿子唐川的一连串反问让唐龙不知该如何接话。刹那间，唐龙觉得自己的确有些愚蠢。本来是希望能帮助儿子脱离困境，没想到自己还让儿子越陷越深，他突然有了一些愧疚感。假如一切可以回到起点就好了，唐龙什么都没有参与，儿子也只是打工赚钱还债，现在看起来反倒成了一种奢望的美好。

"我跟陈韬要200万，刚好，除了您的钱以外，我的债也都能还清。多出来的那部分就当是给我的工资好了，也没跟他多要。"

唐川见唐龙没有说话，接着补充道。

"就怕有命拿钱，没命花钱。你要是被警察抓了，我也生不如死了。"

唐龙突然发出了由衷的感叹。

"您要这么说，人死了还不用还钱呢，那我做这些何必呢？放心吧，我都安排好了，回头就说我带陈韬的儿子去玩了，忘记跟陈韬说了，我也没跟他多要钱，他也不能怎么样。本来就是他欠咱们的，没事的。"

唐川拍了拍唐龙的肩膀，一侧身，从唐龙的旁边走过。他走出路口，发动了摩托车，离开了砖窑村。唐龙紧随其后，再次跟了上去。

唐川戴着事先准备好的面具，按照和陈韬约定的时间，出现在了柳巷街。停好摩托车不久后，他就看到了陈韬的车，赶忙向对面开车的陈韬挥了挥手。

按照唐川的指示，陈韬将两箱钱扔到了对面。唐川顺利拿到钱之后，转身上了摩托车，迅速逃离。唐川发现在陈韬的车后不远处，有另一辆车掉头追了过来，唐川慌张中加速开上了一座立交桥，另一辆车在后面紧追不舍。

这时，唐川看到自己的正前方，父亲唐龙驾驶着摩托车向他驶来，随后飞速与唐川擦肩而过。唐川透过后视镜看到父亲突然停车，将摩托车卡在了紧追自己的那辆汽车的底盘下面，没有几秒钟就发生了爆炸。

唐川通过后视镜观察，眼睁睁看着父亲唐龙在几个人的追逐之下跳桥自杀了。唐川愣在原地，突然脑海中回闪出自己刚才说过的那句气话："您要这么说，人死了还不用还钱呢。"

唐川能听到远处的警笛声，回过神儿来，急忙转头，迅速离开。

拿到钱的唐川，强忍着失去父亲的悲痛。唐川觉得父亲的手机一定落到了警察的手里，那自己的手机就不能再用了。扔掉自己的手机卡后，唐川花了不少钱从废品收购站的一位工作人员那里买了一张别人的手机卡。随后，唐川给大虫哥拨打了电话，想约大虫哥还钱。没想到大虫哥临时有事，派了李波前去跟唐川见面。而唐川并不认识李波，大虫哥提前把李波的照片发给了唐川。唐川为了防止出意外，特意把见面的地点定在了一个人声鼎沸的饭店内。

提前到达饭店的唐川，直奔饭店的二楼，在靠窗的位置坐了下来，透过玻璃窗向楼下张望。不一会儿，唐川居然看到了一辆熟悉的车——陈韬公司的那辆黑色新能源商务车。从车上下来的除了照片中的李波，还有一个唐川在陈韬公司见过一面的人——赵嫆的弟弟赵鑫。

唐川和赵鑫并没有说过话，只是在公司见过一面，知道赵鑫是赵嫆的弟弟。唐川不知道赵鑫为什么会开着陈韬公司的车把李波送来，此时他十分担心赵鑫会认出自己。正当唐川想办法的时候，李波给唐川打来了电话，唐川赶忙假装镇定地接起了电话。

"哦,我看到你了,你往里走吧,上二楼就看到我了。"唐川一边望着楼下打电话的李波,一边回答着李波的问题。

"对了,大虫哥交代了,你可得一个人来啊。"

唐川匆忙补充了一句,特意打着大虫哥的旗号来给李波一个提醒。而李波叫赵鑫一起来的事,其实大虫哥也并不知道。带着赵鑫上二楼确实也没啥用,于是李波就把唐川的话当真了,安顿好赵鑫之后,匆忙进了饭店。

李波来到二楼,看到了跟自己招手的唐川,便赶忙走了过去。

"楼下的那位是?"唐川特意假装不认识赵鑫,想要打听赵鑫和李波的关系,顺便推测赵鑫和大虫哥的关系。

"哦,他呀,我一个朋友,您放心,不是外人。但也不是跟我们走得特别近吧,人家也有人家的工作,在他姐夫的铜塑厂里帮忙,偶尔也在我们这儿帮帮忙。"

李波一边脱外套一边坐了下来,把赵鑫的情况介绍给了唐川。

"你愿意帮我个忙吗?我愿意付钱。"

唐川琢磨了一下,突然有了一个报复的想法。唐川觉得,正是陈韬的项目让父亲唐龙深陷其中,最终遇害。也正是大虫哥的贷款把父亲唐龙和自己逼上了绝路。原本唐川是想把钱都还完,带着母亲躲一段时间的。反正陈韬的孩子又没事,如果警方再查清楚父亲的死因和陈韬坑害父亲众筹的事,大概过一段时间,也就不会有人再追究他了。可唐川突然又觉得,这么

213

一走简直是对陈韬和大虫哥太仁慈了,他们俩似乎都没什么亏损,父亲唐龙感觉也像白死了,吃亏的最终还是自己,躲起来的也还是自己。

唐川越想越觉得气不顺,于是萌生了报复的想法。

唐川跟李波说他改变了主意,抵押的房子不要了,可以过户给大虫哥。除此之外,自己再出一笔钱给大虫哥和李波,让李波引赵鑫玩牌,用骗他姐姐签字的方法,把他姐夫铜塑厂的营业执照偷出来,抵押给大虫哥。

李波觉得这个事情转变得很突然,自己都不认识唐川,唐川为什么要让自己把好朋友赵鑫拉下水。虽然不明白原因,但看在钱的分上,李波还是答应了唐川。李波觉得反正最后吃亏的是赵鑫的姐夫,应该对赵鑫也没什么太大影响。

当天晚上,在唐川的计划之下,李波用赵鑫喜欢陈媛的情况,成功将赵鑫拉下了水,也顺利拿到了张阳铜塑厂的营业执照,没想到还意外收获了一个房本。

唐川跟张阳并不认识,也没有见过面。只是唐川听说过赵嫆的丈夫是铜塑厂的老板。唐川在网上查过陈韬的资料,意外发现赵嫆曾经是陈韬投资的歌舞剧《一切无关紧要的遇见》的女演员。而赵嫆现在又是陈韬的助理,赵嫆和陈韬见面的时间要比赵嫆和她老公见面的时间都多。于是,公司也有一些传言,有人说赵嫆和陈韬有另一种关系,也有人说赵嫆大概和她老公早就离婚了。虽然不知道传言是真的还是假的,但唐川多多少少都有听到过。

听说李波认识赵熔的弟弟赵鑫，而赵鑫又在姐夫的铜塑厂上班，唐川突然觉得赵鑫的姐夫是一个绝好的导火线。一来赵鑫的姐夫张阳不认识唐川，二来陈韬众筹的事情也跟他毫无关系，而他和陈韬又有一些传言式的矛盾关系。这些因素编织起来，对唐川而言，简直是一张可以让自己逃脱警察追捕的天然因果关系网。既报复了陈韬和大虫哥，又完美逃脱了警察的追捕，岂不是两全其美。

唐川设想，赵鑫骗姐姐签了字，拿走了姐夫的东西，害得姐夫张阳陷入困境。张阳一定会去找赵熔，让赵熔想办法解决，因为张阳知道赵熔的老板陈韬完全有能力帮助赵熔，而赵熔又天天跟在陈韬身边。而这个时候，唐川再出面稍加引导，说不定可以将自己做过的事转移到张阳的身上。

于是，唐川在催促完大虫哥和李波去找张阳后，自己便立即出现在了张阳的面前。

"你说你能帮我？为什么要帮我？"张阳对唐川这个陌生人突然跑出来说要帮自己，感觉很迷惑。

"我是大虫哥的人，我只是有个想法，你愿意听就听，不愿意我也不强求。帮了你也是帮了我们自己，能快点拿到钱而已。"

唐川特意把自己说成是大虫哥的人，好让自己接下来提出的想法看起来更合理一些。

"什么想法？"张阳追问道。

"你妻子赵熔的老板陈韬，他儿子前几天被绑架了，绑匪成功拿走了两百万。赵熔的弟弟一直都在负责接送陈韬的女儿，

通过他带走陈韬的女儿,简直轻而易举。我这里帮你准备了一些绑匪的服装和道具。希望对你有帮助。"

唐川其实是把自己绑架陈韬儿子时穿的衣服和戴的面具都扔给了张阳。

"你是让我假扮绑匪,接着绑走陈韬的女儿?"张阳猜到了唐川的想法。

"那就是你的事情了。如果你觉得自己能逃脱,你假扮也行。如果你没办法逃脱,是不是可以利用一下赵鑫?你想想赵熔是怎么对你的,赵鑫又是怎么对你的,你自己琢磨吧。留给你的时间并不多,这个方法可能不是最好的,但肯定是能最快解决问题的。"

说完之后,唐川就离开了铜塑厂。唐川心里很清楚,一旦张阳听取了建议,模仿唐川绑架了陈韬的女儿,必然会引起警方的注意。张阳一旦被捕,大虫哥一定不会有好结果,而陈韬也必将再一次遭受孩子被绑架的精神折磨。

张阳仔细琢磨了片刻,决定听取唐川的意见,随即掏出手机,给赵鑫拨打了电话。接到姐夫张阳的电话,赵鑫按照张阳的指示,很快赶来了铜塑厂,却没想到,陷入了张阳设计的圈套中。

张阳在赵鑫的手机上查看了赵鑫和陈媛的聊天记录,很快通过聊天记录找到了陈媛平时的上车地点。张阳用赵鑫的手机给陈媛发了新的上车地点,成功将陈媛接走,最终历经波折将陈媛带到了铜塑厂。

唐川其实就在铜塑厂附近，并没有离开，在不远处用望远镜默默注视着铜塑厂里发生的一切。所有的事情都在按照唐川所设想的计划推进着。张阳绑架了陈韬的女儿，嫁祸给赵鑫，而赵鑫一定会供出大虫哥和李波。张阳能不能拿走陈韬的两百万，就看他的命了。然而，令唐川没有想到的是，赵鑫竟然失手打死了张阳。

在赵鑫和陈媛走了之后，赵嫆开启了铜塑厂的设备，看起来是想要烧毁张阳的尸体，为弟弟掩盖罪行。当赵嫆进行到一半的时候，陈韬突然赶到了铜塑厂。赵嫆把陈韬带到了铜塑厂外，把发生的一切告诉了陈韬。陈韬沉默了片刻，声称偷偷掩盖不是长久之计，自己另有办法来处理这件事，并且让赵嫆尽快离开铜塑厂。与此同时，看到张阳的尸体要被烧毁的唐川，趁赵嫆和陈韬在铜塑厂外交谈的时候，偷偷将自己的身份证塞进了张阳的衣服口袋里。随后，他悄悄离开了铜塑厂。

唐川和赵嫆都离开铜塑厂之后，陈韬回到了铜塑厂，费力扛起张阳的尸体，准备伪造张阳误碰熔炼炉引火烧身的现场。不料，唐川的身份证从张阳的衣服口袋里掉了出来。陈韬捡起了唐川的身份证，似乎明白了些什么，便顺手将唐川的身份证塞进了旁边装钱的箱里。

五月二十一日清晨，唐川来到了医院，把父亲朋友入股的费用和父亲朋友帮母亲垫付的住院治疗费用都还了。随后，他带着母亲离开了医院。但唐川怎么也不会想到，父亲唐龙的这两位朋友，正是一直追捕自己的警察闫京的父母。

唐川在审讯室向闫京交代了一切。他计划了所有事，却没有料到陈韬的儿子会意外死亡，也没有料到陈韬居然会替自己顶罪。自己设计的因果并没有成为自己脱罪的理由。而自己没有设计的因果，最终却成了自己要面对法律严惩的理由。同时，陈韬和赵嫆也因为包庇和做伪证得到了相应的惩罚。

从五月十三日案发到五月二十二日唐川被捕，历时九天，两起连环绑架案最终告破。后来经过化验，张阳给陈媛的那瓶水里并没有什么可疑的药物，毕竟张阳决定绑架陈媛的时候十分匆忙，唐川也并没有提供药物给张阳。而那瓶水只不过是赵鑫顺手买来放在车上的而已。张阳当时顺手递给了陈媛，大概是为了转移陈媛的注意力，只是陈媛警惕心有点强，想多了。

连续九天没有睡好的闫京回到了自己的办公室，想要好好补一觉。他刚刚躺好闭上眼，佟琳突然推开了办公室的门。

"怎么又不敲门？"被推门声惊醒的闫京缓缓坐了起来。

"闫队，东山市公安局的人打来电话，他们说抓到一个贩毒嫌疑人，交代了关于我爸的情况，说让我们去一趟。"

佟琳说话的声音有些颤抖，面对新传来的消息，她心里没底，不知道来的是好消息还是坏消息。

[番外篇]

未解之谜

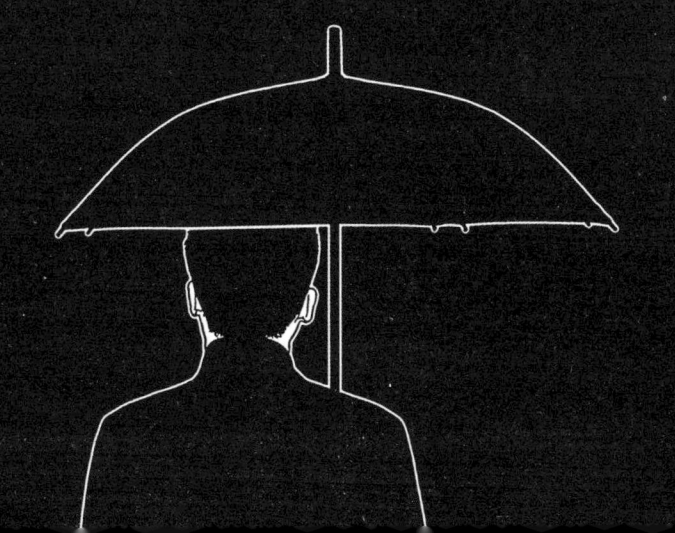

1

从西山市去东山市，需要绕过一个叫明知山的景区。路程差不多两百多公里，不远。佟琳的心里思绪万千。此时，闫京已经在后座系好安全带，进入了梦乡。

到了东山市公安局后，闫京和佟琳很快和打电话的警官见了面。打电话的警官叫董大，董大的父亲是董伟。董伟曾是闫京刚到西山市公安局工作时认识的大哥，比闫京大十五岁，后来因为车祸意外牺牲了。据说董伟给儿子起名字的时候，是因为想到"伟大"，"大"字笔画又少又好记，所以就决定叫儿子"董大"。

父亲去世的时候，董大还在读高中。一开始大家都以为董大将来会学音乐，因为董大的名字听起来像是敲鼓的声音。有的同学还喜欢拿董大开玩笑，一见董大就喊："咚哒咚哒咚咚哒。"董大也不生气，只是冲他们笑笑。董大并没有像大家以为的那样学音乐，而是选择了父亲的职业，最终考进了东山市公安局，进了禁毒支队。

董大的父亲去世后，闫京和董大见面的次数并不多。但每年无论董大在哪儿，闫京总要给董大寄新年礼物。有时候是手机，有时候是电脑，有时候是董大喜欢的手办或者模型。两人始终保持着不是很密切也不是很疏远的联系。

到达东山市后，闫京赶忙拨通了董大的电话。此时，看到闫京来电的董大，正坐在医院里。

前一天晚上，董大和东山市禁毒支队的队员们正在路上巡逻。到了晚饭时间，他们刚好路过一家包子铺。董大突然想起自己和包子铺的老板还认识。包子铺的老板是搞装修的包工头，帮董大装修过新家，同时还开了一家包子铺，一般都是他的妻子在包子铺负责管理。

董大决定去包子铺给包工头捧个场，便让队员靠边停车，声称要请大家吃包子。警车停在了马路边的停车位内，队员们纷纷下车。董大跟在队员们的后边，最后一个走进包子铺。

一进包子铺，董大似乎就察觉到了异样。包子铺不大，总共就八张桌子，左右两边靠墙各四张，中间是过道。邻桌一个熟悉的背影吸引了董大的目光。那人正在捣鼓一个打火机，桌上摆放着一堆被拆开的口香糖，一边摆着糖，一边摆着包糖的锡纸。

一周前，在小区外蹲守的董大和队员们拦截了一辆可疑的出租车。出租车离他们老远，就不敢走了，走走停停，司机神情紧张。出租车被拦下之后，还没等董大盘问，司机师傅"扑通"一声跪在了地上。

"我只是来送货的，其他的什么都不知道。"

司机师傅似乎是想第一时间就把自己撇清。根据出租车司

机提供的线索,董大带着警员们成功找到了吸毒人员的窝点。

吸毒人员的家里满地垃圾,问他什么他一概不承认。董大暗中观察吸毒人员的微表情,在他的家里来回踱步。董大发现每当走到垃圾最多的厕所门口时,吸毒人员的神情会突然紧张起来,而厕所门口异常多的垃圾也看起来很奇怪,似乎不想让人往这里走。董大毫不犹豫地推开了厕所的门,在厕所里进行了仔细搜查。最终,他在厕所的吊顶上方发现了吸毒人员藏匿的毒品,以及一部被砸烂的老式手机。

通过禁毒支队的技术人员对手机的恢复,警方截取到了手机中的信息和电话号码。董大根据可疑的电话号码利用天眼追踪,找到了一个可疑的背影。但只有一个背影,很难跟踪到这个嫌疑人的行踪。

一周后,在包子铺里,董大终于亲眼看到了这个可疑的背影。就在董大要上前打招呼的时候,可疑的背影瞬间起身夺门而出。董大和队员们一路追击,终于成功抓捕了这名在餐厅内摆弄打火机的贩毒嫌疑人。而就在此时,由于运动过猛,呼吸困难,董大突然犯病倒下,被送到了医院。

在医院里,董大被诊断出肺结节,有癌变的危险。医生告诉董大,要多注意休息。正在此时,董大的手机响了起来,屏幕上显示着闫京的名字,董大匆忙起身,决定先离开医院,赶回支队跟闫京碰面。

见到闫京的董大,马不停蹄地带着闫京就往审讯室走,一边走一边简单向闫京介绍着情况。

"被抓的贩毒嫌疑人叫彭金铆,为什么要找你和佟琳来,是因为据彭金铆交代,佟琳的父亲佟磊是被他害死的。"

听到这个消息,佟琳的心里咯噔一下。更令佟琳吃惊的是,打开审讯室门的那一刻,她发现贩毒嫌疑人彭金铆竟然和自己失联的男友长得一模一样。

2

佟琳失联的男友叫石头,这不是他的外号,确实是他的本名。人如其名,性格也像石头一样顽固。据说石头的母亲就是个顽固的人。石头刚出生的时候,父亲总跟母亲争吵,因为石头的母亲从来不承认自己的错误,觉得自己永远都是对的。石头的父亲没办法,只好说了一句:"不如儿子就叫石头好了,将来没准跟你一样顽固。"

后来,石头果然就叫了石头,从来没有更改过这个名字。石头本人似乎也对这个名字很满意,性格也确实随了他母亲。

上警校的时候,石头遇到了佟琳。石头比佟琳大一届,也算是佟琳的学长了。当时的石头一米八的大高个,穿着白色运动鞋,在篮球场上飞身灌篮,吸引了佟琳的注意。佟琳在围观的人群里一激动,大喊了一声:"白色运动鞋好帅!"以至于很长一段时候,同学们都以为佟琳看上的只是那双白色运动鞋而已,当然,这里面也包括石头本人。

石头听说佟琳喜欢自己的白色运动鞋,便买了一双一模一样的送给了她。佟琳以为自己收到了情侣款,开心得不得了。

从此每天都穿着这双和石头一模一样的白色运动鞋。时间久了，大家就都以为他们俩真在一起了，于是，他们便成了传说中的男女朋友。其实他们俩都还没有交换过彼此的电话号码。

石头和佟琳从传说情侣变为现实情侣，还要从佟琳换宿舍的那一天说起。西山市警校有两种宿舍楼，一种老旧一些，盖了有几十年了，没有阳台，没有卫生间，屋里也比较拥挤和陈旧。另一种新盖没两年，宽敞明亮，一切都是崭新的，有阳台也有卫生间。通常大一和大二的学生都住在老旧的宿舍里，大三和大四的学生住在新盖的宿舍里。每年开学季，有大一新生到来时，刚上大三的学生就要从老旧的宿舍搬去新盖的宿舍，年年轮换。

佟琳换宿舍的这一天，因为有课要上，没办法搬行李，只好给父亲佟磊打了电话。佟磊跟单位请了假，来帮女儿搬宿舍。

宿管阿姨听说来的人是佟琳的父亲，便八卦起来，询问佟琳的男友怎么不来帮忙。佟磊得知这个消息十分惊讶，因为他完全不知道女儿还有个男朋友。佟磊向宿管阿姨打听佟琳男友的名字，热情的宿管阿姨马上查到了石头的名字、电话、所在的班级、所住的宿舍，并将这些全都告诉了佟磊。

岁数大了，确实是力不从心，没搬半小时，佟磊就已经感觉到又累又疲了。他突然想起刚才宿管阿姨给的电话号码，于是给石头打了电话，希望石头能来帮忙。刚好没课的石头立即就答应了。

佟磊见到石头的那一刻，愣了一下，但没有多说什么。在石头的帮助下，佟琳的行李很快就转移到了新宿舍。佟磊十分感谢石头，请石头一起吃晚饭，而此时需要上晚课的佟琳并没有办法参加。到了食堂佟磊才发现，自己没有饭卡，也忘带钱包，手机里也没钱，只好让石头刷卡垫付。晚上回家后，佟磊给女儿佟琳打了电话，声称自己十分对不起石头。又让人家帮忙搬宿舍又让人家掏钱请吃饭，希望女儿能帮自己把这个人情还上。另外，佟磊还表示自己十分欣赏石头。

在父亲的支持下，佟琳跟父亲要了零花钱，大胆约石头一起吃饭。因为是打着替父亲还人情的旗号，所以显得不那么尴尬。石头看佟琳邀约自己，便说要和佟琳去校外的饭店吃烤鱼。佟琳抢着付款也没成功，石头声称怎么能让女生付款，那不合适。石头的话深深打动了佟琳。佟琳向石头表达了自己内心的想法——想要当石头的女朋友。佟琳知道，一个女生能鼓起勇气表白是一件不容易的事，因为被拒绝的话心里会留下很大的阴影，但她相信，石头应该不会拒绝她的。果然，正如佟琳所猜想的一样，石头答应了佟琳。就这样，佟琳不仅搬了宿舍，还拿了父亲给的零花钱，还吃了石头请的一顿烤鱼，最终收获了一个善良的男友。这是佟琳过的最开心的一个夏天。

转眼石头已毕业快一年，到了派出所工作，女友佟琳也还有几个月就要毕业了，两人商量决定等佟琳毕业后就结婚。赶着去上班的石头在公交车上遇到了一个小偷。公交车上的乘客虽然有很多人都看到了小偷，但并没有人出手阻止，也没有人提示被偷的乘客，大概是都害怕被小偷报复。小偷为了偷到乘客包里的手机,一直跟着乘客从前门挪到后门,几次下手都失败了。公交车到站时,人员流动比较大,互相碰一下都不会太在意,小偷守在后门,寻找着下手的好时机。趁乘客排队下车的时候,小偷的手再次伸向那名乘客。此时,后边的乘客已经下得差不多了,露出了坐在最后一排的石头。石头大概是最后一个看见小偷的乘客,但却是第一个对此做出反应的乘客。只见石头飞起一脚,将小偷踹倒在地,紧接着迅速将小偷按住,控制在地。石头身边的乘客看到小偷被控制了,都纷纷上来帮忙,将小偷死死按在了地上,让他不能动弹。

"赶快报警!"腾不出双手的石头向身边的乘客大喊了一声。

"我记住你啦!你等着!"小偷恶狠狠地望着石头。

"我是警察,你记住吧,我不怕你。"石头向小偷表明了身份,正义凛然的样子令车上的乘客无不动容,大家纷纷为石头的英勇而鼓掌。

不一会儿,警察就赶到了公交车旁。石头协助民警一同将小偷带回了西山市公安局。在西山市公安局的办公楼里,石头碰到了佟琳的父亲佟磊。佟磊听说了石头的英勇事迹,突然萌生了一个想法,便把石头叫到了自己的办公室。

佟磊拿出一张照片给石头看,看到照片的石头大吃一惊。照片是偷拍的,在人群中有一个男子,除了发色和石头不一样,五官长相都和石头很相似。不仔细看,是无法一下子就分辨出他们俩的。这也是佟磊第一次见到石头时愣了一下的原因。

佟磊告诉石头，照片中染黄头发的这个年轻人是个吸毒人员，同时也有贩卖毒品的嫌疑。警方已经盯了他一年多了，想通过他顺藤摸瓜，找到给他毒品的上线。刚得到消息，他们一周后有新的交易，可没想到他昨晚吸食毒品过量，意外身亡了。现在佟磊很是焦灼，如果放弃他，跟了很久的这条线就等于断了。而见到石头的那一瞬间，佟磊有了一个大胆的想法，想让石头伪装成这个吸毒人员，去跟贩毒嫌疑人交易。

石头得知这个消息的时候兴奋不已，但刘副局长却否定了佟磊的这个想法。刘副局长觉得让石头去做这样的事情太危险了，毕竟石头没有什么工作经验。

正义凛然又性格耿直的石头向刘副局长主动请缨。

"这名黄头发的吸毒人员一直和上线保持着联系，上线如果找不到他，必然会起疑心，那么以后想再找到黄头发吸毒人员的上线，或许就不那么容易了。"

石头向刘副局长表达了自己内心的一些想法。刘副局长望着窗外，陷入了沉思。

"刘局，我假扮成他，和贩毒嫌疑人去见面，到时候你们将嫌疑人一举拿下，这不是又简单又有效的办法吗？"

石头继续向刘副局长表达自己内心的想法。在石头看来，做这件事并没有什么危险，而且这可是英勇表现的好机会，比在公交车上抓小偷更让他感到兴奋。

"没错，石头确实没有什么经验，但他有一颗冲锋陷阵的心。而且石头作为黄头发吸毒人员的替身，有别人无可取代的优势。而我，也会竭尽全力保护石头的安全，一起完成这次的抓捕任务。"佟磊看到刘副局长没有表态，又接着补充道。

刘副局长听了佟磊的话，若有所思，片刻之后回复道："这件事我会向上级请示的，你们先出去吧。"

刘副局长的这句话其实基本上就等同于同意了，现在只差上级领导的一个批准。只是佟磊没想到，贩毒嫌疑人居然提前给黄头发吸毒人员打了电话，一时没办法的佟磊只好让石头假扮黄头发跟贩毒嫌疑人通了电话。

贩毒嫌疑人声称交易时间没有变，只是自己现在身在外地，需要石头帮自己个忙，去一个宾馆取个东西。佟磊将这个消息告诉了刘副局长和闫京，由佟磊带队，闫京等人一同赶往贩毒嫌疑人提到的宾馆附近。然而谁也没想到，石头进去之后，就再也没出来，一个大活人就在宾馆里消失了，后来无论警方怎么找，都没有找到石头。

石头在消失之前并没有联系佟琳，而佟磊为了保密，只是跟佟琳说派石头去外地执行一个秘密任务，暂时不能用手机。女儿也相信了父亲，一直盼着男友回来。只是佟磊的心里觉得很担心也很内疚，佟磊也不太愿意和队里其他人交流，像是自己办错了事情似的。

一晃三个月过去了，石头依旧没有消息。这时，闫京带人抓到了一个可疑人员耿二青。耿二青是个帮助别人运毒的人，据耿二青交代，自己的上线是琛哥，琛哥的上线是谁就不知道了。而从耿二青体内排出的毒品，和三个月前黄头发吸毒人员所持有的毒品极其相似。

根据耿二青的交代，闫京带队布控，准备抓捕琛哥。与此同时，佟磊竟然接到了石头的视频电话。石头在视频中声称自己已经秘密打入毒贩内部，约了佟磊在郊区的一栋老住宅楼见面。佟磊也正因此错过了和闫京一起抓捕琛哥的行动。巧的是，抓捕琛哥的地点，也在郊区的这栋老住宅楼。

于是，在郊区老住宅楼附近布控的闫京看到了前来见石头的佟磊。

走入住宅楼内的佟磊确实见到了石头，但他见的并不是石头本人，而是通过整容伪装成石头的贩毒嫌疑人彭金铆。

三个月前，彭金铆在交易之前为了试探黄头发吸毒人员是否已经被警方控制，特意在宾馆安排了一个事情让其帮忙，没想到石头竟然露馅了。彭金铆的人秘密带走了石头。

见到石头的那一刻，彭金铆也愣了一下，没想到他和自己要交易的人那么像。彭金铆决定以相同的办法来对付警方。三个月后，彭金铆整容成了石头的模样，来到西山市，约了佟磊见面。与此同时，彭金铆其实也得知了耿二青被捕的消息，为了不让琛哥被捕后说出更多的人，他决定制造一场大爆炸，将所有人都炸死，包括耿二青、琛哥和佟磊。

于是，当佟磊出现的时候，伪装成石头的彭金铆露出了邪恶的微笑。彭金铆将佟磊绑在椅子上后，便逃之夭夭了。在琛哥的汽车爆炸后，彭金铆按下了遥控器，引发了老住宅楼内接二连三的爆炸。

"石头呢？"佟琳听完之后，无法控制自己的情绪，向彭金铆大喊道。

彭金铆没有回答，只是又露出了邪恶的微笑。

董大赶忙让一旁的女民警把佟琳带出了审讯室，安抚她的情绪。

"人还活着吗？"佟琳离开审讯室后，闫京向彭金铆追问道。

"你猜？或许吧，好吃好喝的供着呢。"彭金铆依旧一脸无赖的样子，他虽然整成了石头的模样，却丝毫没有石头的正气。

"我告诉你，人活着是一回事，人死了是另一回事。"董大向彭金铆呵斥道。

"你可别忽悠我，死不死的都一回事，反正前面都炸死那么多人了。"彭金铆满不在乎地说道。

闫京也有些控制不住情绪，突然站了起来，大声问道："人在哪儿呢？"

彭金铆被闫京的表情吓了一跳，沉默了片刻，接着说道："在明知山，埋了挺久了，不知道还能不能找到。"

3

明知山，坐落在西山市和东山市的中间。从西山市到东山市原本有两条路，山上一条路，山下一条路。走山上的路需要绕一圈，比走山下的路要多费一些时间。山上的那条路通常没什么车走，后来一到夏天，就会有人租一辆房车，直接开到山上，在山上住一段时间。那里夜里凉快，白天清静。他们偶尔拍拍照，发到网上。发照片的人多了，知道能去山上租房车的人也就多了。于是，越来越多的年轻人开始赶时髦，都租个房车带上孩子、老爸、老妈，上山住几天，亲近一下大自然，山上的那条路才逐渐有了人气。

但是谁也没想到，八年前山上的那条路连续发生了两起交通事故，造成两人死亡。后来路就被封了，政府这么做一方面是为了安全着想，另一方面房车多了，也会给自然环境造成一定程度的破坏。封路之后，就再没有人开着房车上明知山了。明知山也从此变得冷清。这大概也是彭金铆选择在明知山埋尸体的原因。

此时，闫京和董大带人出发，火速赶往明知山。闫京把情绪失控的佟琳暂时留在了东山市公安局的办公室。

透过车窗，望着远处的明知山，闫京不禁想起了那两起交通事故，又触发了内心的隐痛。这也是闫京和董大不想再提起的两件事。

董伟有个当交警的小学同学，叫罗飞鱼。八年前，他还在西山市公安局的时候，经常约罗飞鱼一起吃饭，两人的感情很好。罗飞鱼的真名叫什么闫京并不清楚，只是一直听董伟这样称呼他，自己也就记住了"罗飞鱼"这个名字。

罗飞鱼之所以叫罗飞鱼，一是因为他游泳总能赢董伟，二是因为他真的很爱吃鱼。所以，每周董伟基本上都会约罗飞鱼一

起吃烤鱼,当然也会带着闫京。三个人就这样从相识到了相熟。

八年前的一个周五的午后,董伟给罗飞鱼打电话,约晚上下班后一起去吃烤鱼。

"刚接到报案,山上出了一起交通事故,现在得去现场,晚上还不知道几点能回来。听说事故挺惨烈,有人员伤亡,车被烧得不剩什么了。要不咱们的饭就改天再约吧。"

罗飞鱼把自己的工作情况告诉了董伟,因为怕董伟等太久,所以建议改天再约。

"车祸?要不咱们去现场吧,然后晚上一起回来就可以直接去饭店了。"在董伟旁边的闫京听到电话里罗飞鱼的声音,给董伟出了个主意。

"要不我们去现场找你吧,你看怎么样?"董伟把闫京的话转述给了罗飞鱼。

"也行,我一会儿把地址发给你。"

答应了董伟之后,罗飞鱼就挂断了电话,赶往现场。

车祸现场正是距离西山市不远处的明知山上山路段。闫京、董伟、罗飞鱼在车祸地点碰了面。罗飞鱼对现场进行了勘察。尸体被大火烧得很严重,已经无法通过尸体辨别出死者的身份了,经过对车主的登记信息和车上的物品进行调查发现,车主是一个叫陆阳的男性。于是暂将尸体判定为陆阳,并且通知了陆阳的妻子来协助确认。

处理完现场后,三人便一起去吃了烤鱼。因为聊得开心,罗飞鱼不慎将墨镜遗落在了烤鱼店。烤鱼店离董伟家不远,董伟答应罗飞鱼第二天会帮他取回墨镜，送到交警队去。

第二天，陆阳的妻子前来交警队找罗飞鱼办手续。陆阳的妻子行色匆匆，看起来十分可疑。此时，来交警队给罗飞鱼送墨镜的董伟碰到了陆阳的妻子。董伟对陆阳的妻子起了疑心。

董伟来到窗边，看到走出交警队的陆阳妻子和一个男人见了面，和那人争执了几句，匆匆离开了。

董伟赶忙走了出来，却没看清男人的样貌。

罗飞鱼看到董伟慌慌张张跑出去了，也赶忙跟了出去。

"刚刚那个男人是谁？"董伟回头向罗飞鱼问道。

"这还真不清楚，他刚才也没进来。"罗飞鱼摇了摇头，回答道。

"陆阳的妻子为什么这么着急要火化死者的遗体？而且我们到现在并没有看到其他的家属。这陆阳和妻子住在西山市，但陆阳是东山市人，老家好像还有亲人，但不知道为什么没来。"

罗飞鱼和董伟两人一起返回交警队，罗飞鱼边走边跟董伟说。

虽然事情看起来好像也没什么可疑的地方，但董伟心里却觉得陆阳妻子的行为似乎有点怪异。

晚上董伟回家后，给闫京打了电话："我想去一趟东山市，我总觉得那个陆阳有点奇怪。你要不要一起？"

董伟感觉，这事一定没有那么简单，所以董伟想叫闫京一起去东山市查查。

"哥，我明后天家里有点事，确实没办法跟你一起去。"

233

闫京此时有些不知道该怎么办,特意用"确实"来表示为难。其实闫京口中的事只不过是家庭聚餐,也不是特别重要。只是此时已经是周六的晚上了,周日如果跟着董伟再跑一圈,周一上班肯定没精神,而且闫京打心底觉得这是白跑一趟。

"好吧,那我自己去一趟吧。"董伟听了之后也不想太为难闫京。

"哥,不是已经被定为交通事故了吗?而且人家家属都办了手续了,你再跑这趟我感觉意义不大。况且去查案可必须得是两个人一起。"

闫京其实也不太想让董伟白跑一趟,想尽力说服他放弃这个念头。

"没事,我不去查案,只是去散散心,溜达溜达,放心吧。"

董伟最终还是决定一个人去一趟,而这一去,也成了闫京心中一生的隐痛。

周日的傍晚,董伟从东山市返回西山市的途中,在和陆阳发生车祸几乎相同的路段,出了车祸。董伟不幸身亡。

得知董伟意外离世,和董伟从小玩到大的罗飞鱼情绪崩溃。当闫京说到自己很后悔没有跟董伟一起去的时候,罗飞鱼更是情绪激动,抓起了闫京的衣领,埋怨起闫京来。没一会儿罗飞鱼又突然开始埋怨自己,声称如果当时不让董伟和闫京来车祸现场,董伟就不会出事了。

两人最终不欢而散,再也没见过面。

时光一晃,八年过去了。此时,闫京和董伟的儿子董大,再次踏上了前往明知山寻找真相的路途。

闫京望向窗外，表情凝重。董大似乎看出了闫京的心思，安慰起闫京来。

"闫队，我爸一定会为我们助力的，一切都会好起来的。"

董大紧握方向盘，目视前方，向坐在副驾驶的闫京说出了这番话。闫京的心里突然感觉暖暖的。

"改天，我想去找找罗飞鱼。"闫京向董大提出了自己的想法。

"好啊，我跟他有联系，他调去交警队的档案室了。等办完这个案子，我带你去找他。"

罗飞鱼其实跟闫京一样，每年都会和董大联系，只是不愿意联系闫京而已。闫京其实以前也给罗飞鱼打过电话，都没有人接。罗飞鱼倒不是怪闫京，只是觉得好久不联系了，心里有些别扭，似乎也不愿意再面对闫京了，不知道是不敢面对，还是不想面对，罗飞鱼自己也不明白。

董伟的意外离世，成了闫京心里的隐痛，也成了罗飞鱼心里的阴影，而能化解这一切的，似乎只有董伟的儿子董大了。

此时的董大，目视前方。阳光洒在董大的脸上，似乎就像父亲的目光正注视着董大，保护着董大勇往直前。

全文完